U0947220

Running with the dream

与梦想一起奔跑

◎郑 皓 著

ZHEJIANG UNIVERSITY PRESS
浙江大学出版社

序

吴重生

郑皓，是我家乡浦江的一名初中生。他个子很高，在同龄人中有鹤立鸡群之感。与他一米八的个子相呼应，他的写作水平也高出同龄人一大截。写作水平的高下并不仅仅指作者遣词造句的能力，还在于作者对事物的认知程度，也就是说文章的思想性。思想的深度决定了文章的厚度。我惊诧于小小年纪的郑皓有那么多真知灼见。这大概是他那相对宽松的家庭教育环境，使其得以博览群书之故吧！

在郑皓身上，我分明看到了自己少年时代的影子。少年时代是一个爱做梦的季节。各种各样的奇思妙想，五彩斑斓的梦，充盈在少年的脑海心田。对于那些已经过了做梦年龄的人来说，畅想未来是一件奢侈的事情。因此，我们应该感谢自己的少年时代，那些年我们曾经追寻的梦想，是那样深刻地影响着我们今后的人生。

爱看各种各样的课外书，爱追着大人问各种各样稀奇古怪的问题，爱和小伙伴们成天在野地里玩各种各样土得掉渣的游戏，这是很多少年朋友共同的经历。当今社会，应试教育的重负压得孩子们喘不过气来，学业优秀的郑皓也不例外。他曾在一首诗中把自己形容成是“学习的囚徒”，令人心酸而又无奈。郑皓的父母担心过重的学业负担泯灭了孩子的天性，使孩子的写作特长湮没在题海之中，于是积极鼓励郑皓多写作、勤练笔，并且将他所有的习作精心保存起来。

除了多读书、爱思考之外，勤动笔的写作习惯，也让郑皓受益良多。少年心事如春草。有一天晚饭后，因为一件小事，郑皓和母亲争吵了起来。“战事”平息之后，一家人终于回到自己的房间睡觉了。夜深人静，母亲意外发现儿子的房间里居然还亮着灯光。次日早上，谜底终于揭开：郑皓连夜写了一篇洋洋洒洒的《静夜思》，在这两千多字的文章中，郑皓在感谢母亲的关爱的同时，告诉妈妈，当年的小郑皓已经长大了，希望妈妈能理解自己，让他自主安排学习时间。

勤于动笔的结果是，郑皓的写作水平得到了老师和同学们的公认，他自己也深深地爱上了写作，以写作为乐、为荣。在我看来，勤于写作还有一个很重要的“副产品”，那就是使郑皓拥有了阳光的心态、成熟的心智，以及对事物举一反三的思辨能力。因为他有话就说、有话就写，使得“作文”和“日记”成了他另一位“知心朋友”。

我小时候，没有课外辅导班，甚至没有课外作业，父母让我自己去玩，自己找乐，从未感受过学习上的压力，也没想过自己一定要考上大学。虽然也有过当作家、当科学家之类的梦想，但一切都是懵懵懂懂、自觉自愿的，没有任何外来的压力。现在的“郑皓们”，物质条件是比我们小时候优越了，却失去了我们曾经的自由。郑皓的父母鼓励郑皓利用节假日和课余时间多写作，可以说是给了郑皓难得的“自由”。我相信，这种自由有助于孩子的健康成长，使他成为一个乐于做梦、勇于寻梦、勤于圆梦的人，使他成为应试教育体制的池塘里一尾活蹦乱跳的鱼，而这样的一尾活鱼，有机会一定能够飞跃“龙门”的。

一代人有一代人的际遇。与梦想一起奔跑的郑皓，把自己的喜怒哀乐都融汇在字里行间了。他的笔触有时候是欢快的，有时候又是沉重的，浮躁的社会、应试教育的樊篱，不可能不影响到我们的孩子。然而，值得庆幸的是，他从未停止过寻梦的脚步。有梦想才会有努力，有努力才会有成功。

祝福郑皓!

（序作者为浦江籍旅京作家、学者，现供职于中国新闻出版传媒集团）

目录 CONTENTS

第一辑 童心·童话·童趣

第二辑 亲情·友情·乡情

第三辑　校园·家园·乐园

第四辑 遐想·理想·梦想

第五辑　我行·我读·我思

童心·童话·童趣

小盘子历险记

在一座小山坡上，有一座用稻草盖的房子，里面住着一个小盘子。冬天来了，冷风从小屋顶上吹下来，小盘子发抖地说："好冷呀，好冷呀，这风从哪里来的？"风吹呀吹，小盘子抖得更厉害了。忽然，飞来一朵小白云。小盘子说："好冷呀，小白云你能帮帮我吗？""对不起，我不能吸风呀。"小白云说完就飞走了。小盘子好伤心。这时又飞来一只蝴蝶。"我好冷呀，蝴蝶你能帮帮我吗？"小盘子问。"我不能吸风呀。"说着蝴蝶也飞走了。

风越吹越大，乒乒乓乓地，小盘子被吹倒在地，头上长出个大包。小盘子不管头上的包，起来就朝门外跑，不小心又撞到了门框上，头上又长出一个大包。小盘子跑出茅草屋，躲到一个树洞里。可算暖和了。

转眼，冬天过去了，春天到了。这天，太阳升得很高很高，小盘子从树洞里出来，听到有人在喊："我是森林里的大王！"小盘子一看，原来是一头狮子。狮子看到小盘子，说："这小东西，我要吃了你！"小盘子连忙逃跑，前面有伐木工砍倒的木头，就跳到木头上向前滚。滚呀滚，发现前面有一棵大树，来不及停下，撞到了树上，头上又长出一个大包。小盘子爬起来又跑，前面来了一辆卡车，

小盘子一跳，跳到了卡车的挡风玻璃上，又爬到车顶，纵身一跳，跳到了后面的车厢里。

这卡车是运木头到造纸厂去的。小盘子被倒在了造纸厂的捣浆池里。小盘子只是觉得好臭，但还不知身在何处，问：“这么臭，这是什么地方？”造纸工人吓一跳，怎么这里还有一个活的东西？于是把他放到烤炉里烤，烤了很长时间。工人觉得一定烤死了，打开门一看，小盘子“唰”的一下跳了出来，根本没有死。原来，小盘子是用泥土做的，越烤越硬。工人还要来抓，小盘子飞快地旋转起来，变成一把旋转飞刀，“唰唰”几下，把工人的头剃个精光，变成了光头。小盘子在前面跑，工人在后面追。厂里的门卫把光头工人当成小偷抓了起来，小盘子趁人不注意，跑掉了。

小盘子跑回森林，回到了他的茅草屋，过上了快活又平静的生活。

树房子

一天大清早，小白兔出门去玩，来到一棵大树下，看到树很高很大，树上的叶子很多很密，就想，要是能住到这树上那该多好呀。于是，小白兔就在树上挖了洞，给洞装上门和窗，造了个树房子。

小白兔在树房子里美美地睡了一觉，醒来后，又想，这树房子要是能动就好了。于是小白兔就在树下装上轮子，在树房子里装方向盘，“咕噜咕噜”，树房子开起来了。

小白兔开着树房子到小白猪家去玩，小白猪说：“摩托车、汽车都去睡觉了，我不能去上学了。”小白兔就让小白猪坐上树房子，“咕噜咕噜”把小白猪送到了幼儿园。小白猪说：“谢谢你，小白兔，你的树房子真好。”小白兔很高兴，开着树房子到超市里买了很多好吃的东西就回家了。

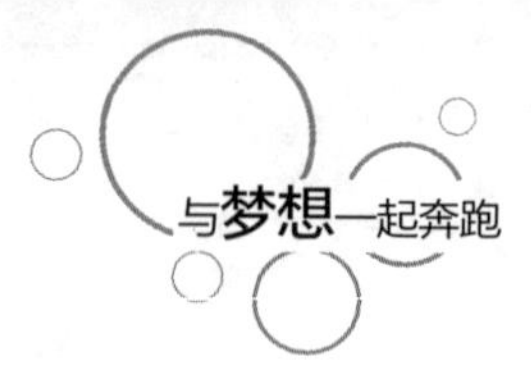

三朵彩云

天上有三朵彩云，他们是三兄弟。飞在最前面的是老大，第二是老二，最后一个是小弟。

那天早上，彩云妈妈对他们说："老大、老二、小弟，你们已经长大了，应该学会独立生活了，你们各自去试试，天黑前必须回家。"听了妈妈的话，三兄弟就飞走了。

天快黑了，彩云妈妈焦急地等着。这时老大回来了。"妈妈，我回来了。"老大急忙说。"你怎么这么开心？"妈妈问。老大回答："我到幼儿园去了，那儿有很多小朋友，我玩得很开心。"正说着，老二回来了。"你到哪里去了，弄得这么脏？"妈妈问。老二说："我到工厂去了，那里都是灰尘和黑烟。烟囱冒出的烟把我熏得全身都是脏东西。"妈妈说："老大，你把老二带到树公公那里去冲洗冲洗。"老大、老二刚走，小弟回来了："妈妈，我回来了。"妈妈说："你怎么才回来？！""我到野生动物园去了，那里有动物，有花草，我躺在草地上快忘记回家了。"小弟说。

"呵呵，你们都能独立生活了，我可放心了。只是不能学老二到脏的地方去，把自己全身搞脏。"彩云妈妈开心地笑了。

三只小鸟

公园里有棵大树，树上有个鸟窝。鸟窝里住着鸟爸爸和鸟妈妈。鸟妈妈生下三只鸟蛋，可孵出了三只不一样的小鸟。一只是啄木鸟，一只是猫头鹰，还有一只是百灵鸟。

鸟爸爸、鸟妈妈每天一早起来抓小虫给小鸟吃，小鸟长得很快。有一天，鸟爸爸和鸟妈妈对三只小鸟说："你们都长大了，自己谋生吧。"说完就飞走了。

从此，每天一大早，啄木鸟和百灵鸟就起床了。啄木鸟出门去给公园里的树木治病，顺便带些虫虫回来给百灵鸟和猫头鹰吃。百灵鸟则放开嗓子，给公园里的花草、树木以及来公园玩的人唱歌。而一到深夜，猫头鹰就瞪着圆圆的大眼睛，一边看家，一边搜寻晚上出来偷吃东西的老鼠。

夏天到了，有一天，三只小鸟发现他们住的这棵树好像病了，叶子越来越少。仔细一检查，原来树干上有好几个洞洞，每个洞里都有虫在吃大树的"心"。啄木鸟狠狠地把虫虫抓出来吃掉了。三只小鸟还买来冰箱，做冰淇淋给大树吃，大树的病很快就好了。大树长出很多新枝条，把鸟窝遮得严严实实，风吹不进，雨也淋不到。三只小鸟就这样幸福地生活着。

自夸自大的小老鼠

有个小老鼠，非常自夸自大。

有一天，小老鼠用放大镜照了照自己，说："哈哈，我是世界上最大的老鼠。"他大摇大摆地走在路上，小蜥蜴说："你怎么这么神气呀？"小老鼠说："我是天下最大的老鼠了。"小蜥蜴说："你比我还要小呀。"小老鼠说："我实实在在比你大。"小蜥蜴就被气走了。前面走来一只大公鸡，大公鸡说："小老鼠你怎么那么神气活现呀？"小老鼠说："我是天下最大的老鼠了。"大公鸡说："你比我还小好几倍。"小老鼠说："其实我比你大。"大公鸡也被气走了。小狗来了，小狗也问同样的问题。小老鼠说："我是天下最大的老鼠了。"小狗把这话告诉了长颈鹿，长颈鹿说："我要亲自同他比一比，看看谁高谁大？"小老鼠一看到长颈鹿，全身直发抖。长颈鹿一甩尾巴，就把小老鼠甩到了岩石上。哇哇哇，呜呜呜，疼得小老鼠哇哇直叫，他哭着跑回家去了。

小兔子和狐狸

一天大清早，小兔子出门买早饭，遇到一只狐狸。狐狸说：“哎，兔先生，听说蜜蜂家有免费的蜂蜜吃，味道可好了。”小兔子就蹦蹦跳跳地去了，刚到那里，就被蜜蜂蛰了一口。哪来的免费蜂蜜！上了狐狸的当。

第二次，小兔子又碰到了狐狸。狐狸手里拿着一个大蛋卷，问：“小兔子，想吃吗？”“当然想吃喽。”小兔子回答。狐狸说：“好吧，不过我有个条件，你必须到向日葵那里拿一袋瓜子来换。”小兔子跑去拿来一袋瓜子给狐狸。小兔子向狐狸要蛋卷，狐狸说：“我闻着香，忍不住把它吃掉了。”说完背着瓜子逃走了。气得小兔子直跺脚。这时，向日葵妈妈来找自己的孩子，问小兔子有没有看到谁偷走了她的孩子。小兔子如实说了事情的经过。向日葵妈妈饶了小兔子这一次。

小兔子想到这事就伤心流泪，被猫头鹰看到了。猫头鹰问小兔子是怎么一回事，小兔子把自己两次上当的事情同猫头鹰说了。猫头鹰说：“狐狸是个狡猾的东西，你以后千万别相信他。”这话刚好被狐狸听到了，狐狸警告猫头鹰别多管闲事。小兔子决心教训教训狐狸。

过了几天，狐狸又来找小兔子。小兔子说："山下有一窝肥肥胖胖的小猪，那味道可好了，你为什么不趁夜里去抓一只吃吃？"说得狐狸直流口水。等狐狸走后，小兔子飞快跑到小猪家，告诉小猪的爸爸妈妈，狐狸要来抓小猪吃，要他们做好准备。天黑了，狐狸果然来了，猪妈妈对准狐狸放了一个臭屁。正当狐狸被熏得晕头转向时，猪爸爸猛地冲过去，用两颗尖尖的牙齿一顶，把狐狸顶到天上去了。狐狸从天上掉到地上，只见两脚一蹬，死了。小猪一家非常感谢小兔子，而且从此再也不会有人来骗小兔子了。

小老虎打乒乓

小老虎前一天晚上没睡好，第二天早上昏昏沉沉地去打乒乓。

打球的时候，因为精神不太好，一个没注意，球“啪”地一下，打下了小老虎一颗牙齿，流血了。小老虎赶紧去医院。医生说：“你这牙齿要换假牙了。”老虎说：“不不不，我不要换假牙。”“那你要变成‘破缺佬’了。”医生说着拿起钻子。小老虎说：“不不不，我不要钻。”医生不理他，用一条线系上牙齿，然后一头系在鞭炮上，只听一连串“噼里啪啦”声，夹着小老虎“哎呀”“好疼呀”的喊叫声，破牙被连根拔下。然后装上假牙，用金属片固定好。医生告诉小老虎：“你的手术已经好了，过几天牙齿会慢慢长牢的。”

过了几天，牙齿真的长好了。小老虎又去打乒乓，这次可不这么好过了。一个球打来，“呼”地把小老虎打到很远的地方。“呼呼”，飞呀飞呀，“啪”地一下，掉在一个很冷的地方。原来掉在喜马拉雅山了。小老虎只能在这里过了，不能回到他喜爱的浦江去了。

有一天，小老虎在喜马拉雅山不小心滑倒了，膝盖撞出血了，他找到一个山洞，发现一种草，就用草把自己的伤口包起来。这里怎么一个人也没有？他小心翼翼地往里走。原来有一头大狮子住在里面。小老虎赶忙逃出洞口。狮子感觉有个影子，走出来一看，是

一只小老虎。“啊，你这小东西，偷了我的草药，我要吃了你！”小老虎赶快坐上滑冰快艇，“唰”地一下逃走了。

冬天过去了，春光明媚，小老虎盖了一间茅草屋，屋里面有洗手间、卧室、餐厅、客厅、阳台。在储藏室里有自行车、滑板车、溜冰鞋。家里还有很多玩具，有冲锋战鹰、冲锋战神、炮火神鹰、防爆铁甲、网络骑士，还有令人恐惧的生化战车等等。

有一天，小老虎外出吃饭，有一只大灰狼在房间边上准备偷偷溜进房子。突然，房间的警报器响了，“笛笛笛——”，在外面吃饭的小老虎听到了储藏室的警报声音，赶快往家里跑。他拿起一把枪，“乒”的一下，子弹“啪啪”飞出去，打得老狼落花流水。“看我的红外线！”红外线照去，照到老狼眼睛上，老狼“呀”的一声，跌倒在地，眼睛被烧坏了。“看招，看我的飞毛腿！”小老虎把老狼踢到悬崖下面去了，从此他又过上了美好的生活。

小猫和小狗

有一天，小猫钓了一斤鱼往家里走，路上碰到了也要到湖边钓鱼的小狗。小狗说："小花猫，你能不能把这些鱼都给我，我会给你一分钱的。"小猫看看那一分钱说："唔，我不要。"然后就走远了。小狗自言自语地说："给你钱还不行？"他在小猫回家经过的路边建了一个邮筒，上面写上：路过这里，请把东西放进去，我们会帮你送到家里去的，写上你家的地址和家庭电话。小猫过来了，就把鱼装进一只袋子，系上保险带，在保险带上写了"76958116"，放了进去。小狗说："哈哈，上当了！"他取出鱼走了。

第二天，小猫想，鱼怎么还没送来呀？他去到邮筒一看，上面写着：你的鱼早就被拿走了。小猫心想，一定是那只小狗干的，说着就到小狗家里去："小狗！把偷来的鱼快点还人！"小狗说："不，不还了。"小猫说："你还不还？"小狗说："不还就不还！"小猫说："我要扁你！"没想到小狗早就准备好了，小猫一走近，就被一根绳子吊起，放到一个洞里，洞里放着好几个仙人球，刺得小猫直叫疼。然后又把他倒挂起来了。小猫喊："救命呀。"小猫从口袋里拿出飞天三角刺，"刷"一下，把绳子弄断了。小狗说："你往哪里逃！"拿出第二种武器——弹弓，"叭"的一下，把小猫打到老远的森

林里去了。

森林一片漆黑，一头大怪物瞪着大眼睛，小猫吓得直哆嗦。等露出脸来，竟然是一只大老虎。老虎说："我要吃掉你，小东西！"说着就追过来。小猫赶紧爬上一棵树，老虎一个劲地咬树干。小猫趁树要倒的时候，把树枝往后一拉，把自己弹到天上去了，又掉到了小狗家里，看到了正在吃鱼的小狗。"你这小狗，赔我一斤鱼。"小狗说："怎么还，我不还。"说着打过来一个火球。小猫用挡牌把球挡了过去，正好打在小狗身上，小狗的衣服被烧着了。小猫接着要打，小狗求饶："喔喔，别打了，你快去拿盆水，帮我泼一下。"小猫说："你下次敢不敢了？""不敢了，我会赔你一斤鱼的。"然后小猫就拿了一盆水泼在小狗身上，火灭了。

过了一天，小狗钓了一斤鱼送给小猫，从此，小狗做了小猫的好朋友。

小兔子抓蝌蚪

有一天，小兔子要去抓蝌蚪，因为家里买来了一只养金鱼的大玻璃缸。他抱着玻璃缸，用大尾巴勾住一个瓶子，然后放到池塘里。眼看小蝌蚪慢慢地游进瓶子，小兔子很快拎起尾巴，捉到了小蝌蚪。

他拿着玻璃缸往回走，半路上碰到一只狐狸，狐狸想骗走小蝌蚪，就走到小兔子面前说："小兔子，到我家里玩玩吧。"小兔子说："好吧。"跟着狐狸来到他家。狐狸说："你把小蝌蚪放到我家保险箱里去吧。"然后拿出一大盘好菜给小兔子吃。小兔子吃了晚饭就回家了，忘记带走小蝌蚪了。

小兔子回到家，刚想睡觉，哎呀，小蝌蚪忘了带回家了。他很快跑到狐狸家，对狐狸说："把我的小蝌蚪还给我！"狐狸说："没有，你不是自己带走了吗？""我没有带走！你看我手里空空的，哪有带去？"狐狸打开保险箱给他看："里面没有啊！你自己弄丢了吧？！"其实小蝌蚪被狐狸藏在了一只抽屉里。小兔子拿出一个气球，一吹，变成狐狸妈妈，并模仿狐狸妈妈的声音说："小狐狸，你做了坏事，还不承认，妈妈要打你四十大板。"小狐狸连忙往后退。小兔子趁机打开抽屉，取出小蝌蚪，回家去了。

小兔子上海历险记

放暑假了，小兔子跟妈妈到上海玩。因为人多，走散了。

他走呀走呀，走到了地铁西站。他不知不觉地上了地铁。地铁开到了锦江乐园，小兔子下了车。来到锦江乐园，小兔子偷偷地爬上登山车、山地汽车、碰碰车，玩得可痛快了。最后，小兔子偷偷爬上“火箭”，没等站好，只听“轰”的一声，“火箭”上了天，由于小兔子没有绑好，被“火箭”抛向了高空。小兔子飞呀飞呀，飞过了很多高楼大厦，正好掉在一列飞驰的列车上，那速度像箭一样快。原来这是磁悬浮列车。它的磁力非常强，小兔子一碰，就被吸住了。磁悬浮列车速度很快，小兔子被风吹得哇哇直叫。接着，小兔子遇到了更危险的东西，就是碰到了电线，小兔子尾巴的毛被烧掉了，痛得哇哇直叫。磁悬浮列车到站了，受了种种伤害的小兔子慢慢走出车站，晕倒了。

等醒来的时候还在那里。然后小兔子继续走，又饿又累的小兔子来到一家饭店门口，说：“饭店老板，我没钱，请让我吃碗面条吧。等我找到妈妈，我妈妈会来付的。”这老板很贪钱又很小气，心很黑的。他说：“那怎么可以？”小兔子说：“求你了。”可是，饭店老板不理小兔子。等小兔子再说，饭店老板说：“就不，就不。”小兔子说：“求你了。”饭店老板还是不同意，说：“那我白白给你吃，不是给我造成损失呀。”小兔子说：“求你了！”饭店老板说：“要是我常常这样白白给人家吃，我就付不出服务员的工钱了。”小兔子说：“我到时会付给他们的。”老板说：“不行，一餐都不行。”于是，他拿出一块发霉的硬馒头，说：“拿去。”小兔子一咬，大门牙差点掉下来。小兔子说：“这么硬的给我吃！”老板得意地哈哈大笑。小兔子只好走了。突然，一辆汽车驶过，小兔子被拉上了汽车。汽车开呀开呀，开到市中心的一个公园边，小兔子被扔进了公园里。一只饿了好几天的老狼走过来，看到小兔子眼睛就亮了，说：“小东西，我要吃掉你！”然后像箭一样冲了过来。小兔子一闪，大灰狼扑了个空，掉进了草丛里。因为正好是夏天，草丛里住着好几条蛇。蛇看到大灰狼这么多肉，就游过来，把大灰狼咬死了。

小兔子走呀走，突然看到了自己的妈妈。他妈妈正在找他呢。小兔子飞快地跑过去，紧紧地抱着妈妈。妈妈说：“小兔子，你这一天到哪去了，让妈妈好找呀。”小兔子把自己的经历告诉了妈妈。妈妈说：“好孩子，你真棒。”

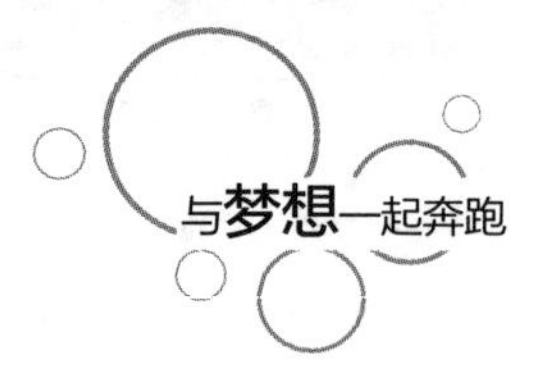

大力士宋九

很久很久以前，有一对夫妇，生下一个孩子。这个孩子名叫宋九。可他的饭量越来越大，爸爸、妈妈养不起他了。一天，他叫爸爸给他做一把650斤重的大弓箭，可是他爸爸只做了130斤重的弓箭，宋九一把举起弓箭，嫌弓箭太轻。他爸爸再给宋九做了一把150斤重的弓箭，宋九还是觉得太轻，说："这只能留着以后磨豆腐用。"宋九自己到铁匠铺打了一把650斤重的弓箭走了。

路上他碰见一个砖瓦宋九，捧了块砖头在路上走。宋九拉出了弓箭，"乒"一声，砖瓦宋九被戳了一个大洞，砖瓦碎片落下一大片。砖瓦宋九说："是谁弄下来的？"砖瓦宋九与宋九打了起来。砖瓦宋九不是宋九的对手，被宋九一箭射到天上转了2300转，又绕着星星转了230圈，才落下了。从此以后，砖瓦宋九成了宋九的仆人。

他们来到一个县城里，县城最有名的是一个山洞。那里没有人。突然，他们听到轰隆隆轰隆隆的声音，原来是大山宋九在跳舞，宋九拉开弓箭，向大山宋九射去，大山宋九被戳了一个大洞，大山宋九从大山中心跳了出来，说："是谁射了我？"宋九一挥弓，砖瓦宋九就赶了过去，与大山宋九打了起来。一个小时过去了，他们还没分出谁输谁胜。宋九看见不分输赢，忍不住过去打了起来。大山宋

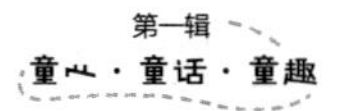

九不是他的对手，被宋九闪电般的一箭，射到天上去了，转了430圈才落下来。这一箭比射砖瓦宋九的那一箭更准更远。从此以后，大山宋九也成了他的仆人。

他们一起来到一个王宫前，国王说：“这里有一个黑风怪，谁要能打倒他，救出公主，就可以娶她。”可是谁也不敢去。砖瓦宋九说：“我去。”砖瓦宋九来到黑风怪洞口时，突然被一阵旋风卷了进去。到了山洞里面，砖瓦宋九大声喊道：“快把公主给我交出来。”一个巨人走来，说：“小东西，没门。”一阵黑风扑过来，把砖瓦宋九的眼睛给封住了。他不知道自己站在哪个地方，结果落入了黑风怪挖好的陷阱里。陷阱里全是泥泞，砖瓦宋九被泥泞粘住了。

大山宋九来了，一进洞，就被旋风刮倒了，同样被黑风怪打入陷阱里。陷阱里都是泥泞，大山宋九同样也被困住了。

最后，轮到宋九来了。宋九一箭就把旋风射翻了。他跟黑风怪决斗，接着，黑风怪逃走了。宋九不知道他躲在哪。他发现山洞顶上多了一块很长的石头。是不是妖怪变的呢？于是，他就拉开弓箭，弓箭像火焰一样向长石头射去。只听“啊呜”一声，妖怪现出原形。宋九又是一箭，把他射死了，然后救出了公主。正想走，听到地下有声音。是砖瓦宋九和大山宋九的声音！一看，原来是砖瓦宋山、大山宋九掉进陷阱里面了。宋九找来一个铁索，放到里面，可是他们两个都受了伤，爬不上来。宋九找了一根绳子，跳到井里，绳子一头捆人，一头绑在箭上，一射，把人带出了陷阱。这时，妖怪突然复活了，宋九一箭射去，黑风怪像导弹一样飞出洞口，转了8860转，才掉下来，落到了一条河里，被淹死了。

后来，宋九真的娶了美丽善良的公主，接来了父母，一起过着幸福的生活。

太空游记

我乘坐宇宙飞船，准备用半个月时间，作一次太空旅行。

我先向遥远的太空站飞去。我看到一颗很蓝很蓝的星星，那就是水星。突然一颗陨石撞过来，撞到飞船上，飞船上的油箱被撞坏了。我急中生智，摁一下开关，就把油转到了备用油箱里。飞船又飞呀飞，太空站就要到了，我启动合并系统，飞船就同太空站连在了一起。

第二天，飞船加过油后，又出发了，继续向遥远的太空前进。过了几天我就到了一个像地球一样的星球，有大气层、有臭氧保护层，最壮观的是，那里有座城市，城市里有很多很多飞碟和飞船。我开心极了，原来这就是奥茨玛。我驾驶着飞船飞进这座壮观的城市，住进了一个宾馆，那里的房子真漂亮呀，红红的、绿绿的，像是很多水果的房子，漂亮极了。我还看见那里高速公路上的汽车不是像地球上那样在地上开，而是在空中开。我最后看到一个奇观：他们种蔬菜的时候，只要蔬菜种在空中就能长大。这点让我大开眼界。

过了几天，我又返回太空站，想再回地球。突然，飞船发出警报："警报警报，有黑洞。"飞船受不了黑洞的超级引力，被吸了进去。我查了一下资料，说黑洞也有弱点，旁边有个白洞，通向地球所在太阳系的左边；还说没有超光速，别想通过黑洞。我就启动所有高速系统，速度达到光速的两倍。哗，冲出了黑洞。可是，宇宙飞船刚刚恢复平稳，警报又响了："警报，有很多不知名的东西袭来。"今年刚好是太阳黑子大爆发年，现在又是太阳辐射最高的季节，飞船如果碰到这电磁波会爆炸。我又急中生智，拼命地往地球开，可是已经来不及了。电磁波的速度远远超过了我的想象，啪，我的飞船震动了一下，飞船再也受不了这高压，太阳的辐射快把飞船上的水烤干了。我赶紧躲到一个行星的后面，用行星挡住太阳的辐射。躲过太阳的辐射，我高兴地回到了地球。

孤独的小马

有一匹小马，他的爸爸和妈妈都死了，独自地生活在森林里。

有一天，小马孤独地在森林里走着，走呀走，碰见一只小鼹鼠。小鼹鼠说：“你怎么这么孤独呀？”小马说：“我的爸爸妈妈都死了，就留下我一个人，我是出来玩玩的。”小马又走呀走，碰见一只小鸟。小鸟说：“小马，你怎么这么孤独呀？”小马说：“我的爸爸妈妈都死了，我是出来玩玩的。”

又走呀走，突然，草丛里钻出一只大灰狼。大灰狼想，这匹马的腿这么粗壮，一定很好吃，今天正想吃肉呢。呵呵，呵呵，我今天一定要吃掉这匹小马。大灰狼就在小马要经过的路上挖了一个陷阱，小马走过去，“扑通”一声，就掉到陷阱里去了。刚好小鼹鼠住在陷阱下面。小鼹鼠想，我又没有邻居，怎么会有这么大的声音？他爬到屋顶一看，哇，原来是小马。小鼹鼠问：“小马，是你吗？”小马说：“是。”“谁把你扔到这陷阱下面的？”小马说：“是我自己摔下来的。”小鼹鼠说：“那谁挖的陷阱？”小马说：“是大灰狼挖的。”小鼹鼠说：“那也叫大灰狼掉到这陷阱里来。”小马说：“那怎么办？”小鼹鼠说：“我们叫大灰狼野餐，他就会跟来的，我们先在陷阱上面盖些草。”“好呀。”小马说。说着，小鼹鼠就带小马从一条地道爬出陷

阱，在陷阱上面盖了一些草。

第二天晚上，他们就来到大灰狼家里。“大灰狼，我们请你去野餐。”小鼹鼠和小马说。“好呀，我今天正想吃肉呢。”大灰狼就跟小鼹鼠和小马一起去了。路上，小鼹鼠和小马走在路两边，拉着大灰狼。大灰狼走在中间。大灰狼已经忘了自己挖的陷阱，走呀走，“扑通”一声，大灰狼掉进陷阱去了。大灰狼说：“快拉我上来！”小马和小鼹鼠说：“不，不！上当了，上当了！”他们两个欢呼起来。

就这样，大灰狼就一直掉在陷阱里面。小马和小鼹鼠过上了快乐的生活，小马再也不孤单了。

小流星人间游记

小流星划过夜空，看见人间很多电灯亮着，好像过年一样，他羡慕极了。他说：“还是地上的人间好。今天我难得到人间上空来，不如到人间去走一走。”说着小流星就从空中飞了下来，落在一户人家门前。他想多住几天，找了一家旅馆，问：“住三天要多少钱？”旅馆服务员说：“三天要120元钱。”小流星说：“哇，那么贵。”想了想，把身上带的钱全部花在住宿上了。并问：“那么贵是否包含了三天的餐费？”“对呀，包含的。”服务员答。于是，他就去睡觉了。

第二天早晨，服务员领着他到二楼餐厅吃了个饱。他出了门，到外面去走走。他来到一个湖边，看见那里有很多很多鱼，想，我能不能回去拿根鱼竿钓些鱼呢？他坐出租车回到旅馆。这时他才想起，呀，我忘记带鱼竿了。当夜幕降临，他偷偷溜到天上拿了鱼竿又回到了旅馆。

第三天早上，他来到湖边钓鱼。他钓了很长时间没钓到鱼，拎起鱼竿一看，哎呀，忘记挂蚯蚓了。到哪里去买蚯蚓呀？摸了摸口袋没钱了。看到一个工厂边上有一堆烂泥，他想，烂泥里肯定有蚯蚓，他爸爸告诉过他。他就去挖了，挖了好多蚯蚓，然后又去钓鱼了。又过了很长时间，还没钓到鱼。就去问旁边一个钓鱼的老爷爷。

老爷爷问："你撒过糠饼了吗？"小流星说："什么叫糠饼呀？"老爷爷笑了："光有蚯蚓不行，还需要撒点糠饼。""哪有糠饼呀？"老爷爷指了指："路对面渔具店里就有卖。"小流星又摸摸口袋，还是没钱，怎么办？乘老板外出，从窗口跳进去，偷了一点，拿去钓鱼。接着一条、二条、三条……一共钓了十条。回到旅馆，高兴地吃着烤鱼肉。很快天又黑了，他乘天黑，飞上天回家去了。

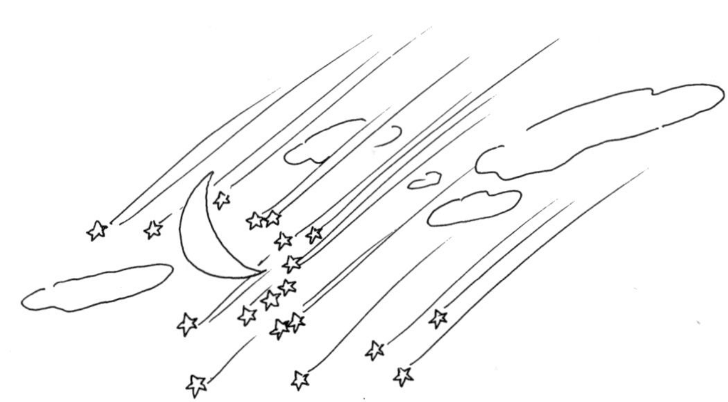

贝壳姑娘

有一天，有三个人商量好了要乘船到大海去旅行。于是他们把一艘名叫“水手号”的帆船拖到水里，准备开始历险。

这时，太阳高照，万里无云，他们拉开帆布，船开始航行了。

海面上，海鸥在飞翔，一只只海豚从船边跳过，阳光照耀在海面上闪闪发光。

正当他们看得入迷时，天突然暗下来，海面上狂风大作、暴雨如注，船也开始左右摇摆起来。三个人手拉手，团结互助，在大海中拼搏，终于逃过一劫。

第二天清晨，他们发现船已经变成碎片，散落在岸上，原来船碰到了礁石。正当他们垂头丧气地走到沙滩时，突然被眼前的景色给吸引住了。沙滩积满了金子般的沙粒，布满了各式各样、五颜六色的贝壳。

其中一个人随手拣了一个最漂亮的贝壳，准备把它放入口袋时，忽然听到一个微弱的声音：“你们需要帮忙吗？”那个人吃了一惊，问：“你是谁？”

这时，一个豆子大的小姑娘从贝壳里走出来，说：“叫我贝壳姑娘吧！你们怎么了？”

那个人把事情的经过都告诉了她，她想了一下说："这好办。"说着就叫他们走进树林，贝壳姑娘砍倒了一棵树，一个被石头封住的石洞顿时露了出来，贝壳姑娘也不见了。于是他们就走进了洞里。洞里更让他们吃惊，里面除了有一条大船，还有一堆金子，他们把金子一袋袋地装进麻袋，背上船，运回家。从此，他们过上了幸福的生活。

小兔交朋友

一天晚上，孤单的小兔乖乖做了个奇怪的梦，他梦见一位仙女送给他一朵又白又软的棉花云，并告诉他，想去哪里，棉花云就会载他去哪里。

乖乖醒了，他揉揉眼睛一看，哇！床上果然有一朵白白的软软的棉花云。乖乖高兴极了，带着棉花云走出家门。

在一片绿油油的山坡上，乖乖坐上棉花云，并说：“棉花云，棉花云，去森林！”转眼间就到了一片大森林里，刚好遇到了小松鼠多多，跟他交上了好朋友。于是小松鼠也上了棉花云。乖乖说：“棉花云，棉花云，去海边！”他们一瞬间来到了海边，刚好赶上退潮，一只小寄居蟹从沙滩里爬出来，和他们交上了朋友。乖乖又说：“棉花云，棉花云，去草原！”一眨眼就到了一望无际的大草原，一匹小斑马从远方走来，也和他们交了好朋友。

此时，天也暗了下来，小兔乖乖把朋友们都送走后，回到家里。忽然，棉花云不见了，乖乖伤心极了，可是怎么找也找不到。

一晃就是五年，小兔乖乖也慢慢长大了。一天晚上，天下起了倾盆大雨，突然一阵阵“救命”的喊声把乖乖吵醒了，原来发洪水了。一只寄居蟹被洪水冲了过来，乖乖大喊：“棉花云，你在哪？”

突然棉花云又回来了。乖乖急忙坐上棉花云，拿来一根绳子捆住了寄居蟹，把他拉了上来。“啊！你是乖乖吗？”乖乖说：“是的，我是乖乖。”寄居蟹说：“果然是你，谢谢你救了我。”“不用谢。”乖乖说。寄居蟹顺着小河回家去了。

乖乖又有了棉花云，这下可好了。有一次，草原上的草都被吃光了，斑马只好饿着肚子在草原上东找西找，也没找到吃的东西。在关键时刻，乖乖从远处飞来，告诉他在那座山后有一大片田野，田野上长满了嫩绿的青草。斑马说：“谢谢你了，乖乖。”乖乖说：“不要谢，我们是朋友嘛。”

得知松鼠家的树林被斧头砍倒了，乖乖给小松鼠在树林里找到了新家。松鼠为感谢乖乖，拿出很多好吃的，但一一被乖乖谢绝了。

虽然乖乖累得倒在了床上，但是这也增加了朋友之间的友情。同时，乖乖再也不孤单了。

未来的飞机

自从莱特兄弟发明了世界上第一架飞机，从此制造飞机事业就蒸蒸日上起来。从活塞型发动机到现在的喷气式发动机，前后经历了五代，每一代都在改进、改良，而且还不断创新。

但现代战斗机还有几个小小的缺点，比如：带不了几枚导弹、航程不能太远、速度不是太快、操作员会很累……

但到了2030年，所有战斗机都会“大换血”，那时的战斗机一次可带100枚导弹，其中“响尾蛇”导弹就有15枚。它的发动机是光子发动机，所以速度就可达到超光速，航程就更不用说了，另外，它的操作员会轻松，因为飞机基本上都是电脑控制的。

这种飞机是纳米材料做的，具有耐热、抗冷的功能。飞机的能量是核能，是由一个核反应堆提供的，而且30年才换一次原料，这种飞机还可以变大变小，方便存放。

而让人喜欢这款飞机的主要原因是它拥有潜水功能，它一般可以下潜至几万米的水深，有时还能看到海床呢！

这款飞机必将在未来战场上大显身手，它可以用反坦克导弹击穿敌方坦克、装甲车，它可以用小型导弹炸死一批敌方军队；发射一枚反潜弹可以摧毁一艘大型潜艇。

我是一架直升机

我是一架直升机。

在一个漆黑的夜晚，正在巡逻的我收到了一组从西沙群岛附近海面上发出的求救信号，信号很微弱，闪了几秒钟就消失了，据我的经验一定是有船只失事了。

经过调查，确认失事的船只是一艘油船，船上有30多人，船内有好几万吨油，一旦泄漏，后果不堪设想。

时间不能再耽搁了，我立即往失事地点快速飞去，不时用雷达和声纳探测水面和水下的情况。

到了失事地点，我不得不减慢速度，以便飞机上的救援人员搜索幸存者和遇难者。找了半天，连个船影都找不到，更别说幸存者了。

但我并不灰心，继续往前找。果然，在远处的水面上，发现了一名在水面上拼命挣扎的幸存者。时间就是生命，我立刻放下缆绳让救援人员下去营救，费了九牛二虎之力把他拉了上来。

从他的口中得知：原来当时海面上起了风浪，船摇摆得十分厉害，船长觉得不妙，就发出求救信号，谁知发出去几秒钟，船就沉下去了。救援人员照他的回忆，在一座小岛上发现了四名幸存者和两名遇难者。

直到第二天上午8时许，救援人员共救出幸存者16人，九人遇难、五人失踪。

9时许，救援人员在海底沉船里成功吊出所有油，真是不幸中的万幸啊！

10时许，救援人员顺利返回机场，而我呢，正在默默地为死者祈祷。

汽车和自行车

在一户人家的车库里，放着一辆汽车和一辆自行车，高傲的汽车常向自行车炫耀自己。

有一次，汽车又来向自行车夸耀自己，他对放在墙角边的自行车说："嘿！小样儿，你看我多漂亮啊！又高又大，才不像你呢，又小又瘦、灰不溜秋的，搁在墙角还占地方！"

自行车平静地说："汽车大哥，我承认你很大、很漂亮，但你也有不足的地方啊！"

汽车听了又说："还说什么？我本来就比你好、有用呀！"

自行车听见了，便一言不发了。

有一天，主人发动汽车去上班，可是汽车抖了几下就不动了——原来是油没了。这时主人便拉出放在墙角的自行车，用布将他擦干净，骑上他上路了。

此时汽车望着离开的自行车惊呆了，他想起了自行车说过的话："每个人都有不足的地方，要相互取长补短才行啊！"

神奇的鞋子

昨夜，我做了个奇怪的梦，梦见我穿着一双神奇的鞋子，它上天入地，无所不能。

现在的鞋子，功能单一，比如运动鞋只适合于登山，休闲鞋只适合于休闲。我梦里的那双鞋，它是集运动、登山、休闲于一体，且尾部有一个小推进器，在主人跑不动的时候会喷出火焰，帮助主人跑步。

如果你想过河，此鞋立即变成密封鞋，即使浸在水里也保证不会进一滴水。如果你想从水面上走过，那也没问题，只要按一下绿色按钮，内部的反重力系统就会开始运转，可以根据水的密度调节系统，这样便可以在水面行走而不怕沉下去。

怎么？你想不坐飞机也能像鸟儿一样飞翔？这也不是梦想。只要按一下蓝色按钮，就能开启螺旋桨系统，飞上蓝天，像鸟儿一样自由飞翔。那你可能会问：那怎么下来呢？其实很简单，因为鞋子安装有缓冲系统、弹力系统、落地气流控制系统，所以即使从一千米高空掉下来也没事。

我梦中的鞋子，什么时候能变成真的呢？有一双这样的鞋子该多好啊！

小狗“大熊”

大熊是我家的小狗，来到这个世界还不到十个月，却已有一百多斤。它忠厚老实，身体圆溜溜的，脚掌肥肥的，尾巴又长又粗，而且还是毛茸茸的，非常惹人喜欢。

作为“美系秋田”的杂交狗，它既有秋田般大的身体，又有狼狗般的牙齿，可谓是非常凶猛。有一次，我带大熊去跑步，突然三只大狗冲出来，虽然我不知道那是什么狗，但我知道这几只狗不好惹。只见它们的眼睛仿佛喷射着火焰，嘴边仿佛冒出了火花。大熊先试探性地冲了一下，没想到，那几只狗就冲了上来。危险时刻，大熊忽然往左移了几步，让大狗们扑了个空，再用肥大的脚掌把其中一只大狗打翻，没等大狗反应过来，大熊扑了上去，用自己的体重把那只大狗压了下去，一百多斤的重量压在了大狗的身体上，只听见一阵惨叫，大狗一动不动地晕了过去。另外两条狗看到这一情形，夹起尾巴就逃走了。

大熊也有贪吃的时候。每当我们吃饭时，总是走到我们旁边“乞食”，而且乞不到食物誓不罢休的样子。大熊吃饱喝足后才懒洋洋地去睡觉了。

这就是我家的大熊，你们喜欢吗？

我的理想

我的理想是当一名太空舰队的舰长。

我将操纵“永恒”号旗舰勇闯太空。太空激战、和平访问……如果遇上了难缠可恨的敌人，就会用强大的火力给予痛击，但希望不要发生战争！

可是人愿总不如天意，这天我一出门就出师不利，遇上了号称“太空杀手”的“黑暗”号旗舰。

很快，舰队级的战斗就开始了，我先发制人，全队同时开火，顿时，粒子炮弹、激光、等离子火箭、质子导弹、中子弹等像雨点般一样落在敌舰上，“轰隆隆”，敌方的舰船纷纷爆炸。

谁知，“黑暗”号朝我舰队发射了一枚氢弹。爆炸后，我舰队的碎片四散飘落。我火大了，立即使用武器反击。“黑暗”号突然又发一束激光，我沉着地使用了力场护盾，把激光反射了回去，打在“黑暗”号上，“黑暗”号破损了。

这时“黑暗”号想逃跑，我用尽全力发射了一枚太阳帆火箭。“黑暗号”终于毁灭了，战斗终于结束了。我拖着疲惫不堪的身子，操纵飞船向月球基地飞去……

二十年后回故乡

真是“江南几度梅花，人在天涯鬓已斑”。我在外工作二十多年都没回家乡，于是我抽出时间，起身前往家乡。

坐上亚光速客机，我一下子就到达了故乡。

飞机停在一座空中别墅旁的停机坪上，我打了个视频电话，爸妈年轻的面容出现在我眼前，我不禁喊道：“爸妈，真的是你们吗？”“是的，儿子，我们吃了专家研制的抗衰老药。”爸妈接着说：“你只要在那根柱子上按一下手纹，你就可以进来了。”我一看，还真有一根柱子立在那儿。我发现柱子上有一块黑色的东西，原来那是金刚石做的，我手一靠近，里面的微型电脑就说话了：“请输入手纹！”我吓了一跳，急忙把手伸向那里，经过激光扫描，微型电脑说：“手纹正确，欢迎！”房子从空中降下来，门也自己打开了，里面走出了年轻的爸妈。我激动万分，与分别已久的爸妈紧紧拥抱在一起。这时，已是中午12点，我的肚子开始咕咕叫，爸爸知道后，在遥控器上按了一下按钮，我们脚下的地板就移动起来了，一下子就把我们送到了二楼餐厅。餐厅里面有个奇怪的桌子，桌子上却没有一碗菜，我感到很奇怪。只见妈妈在遥控器上按了一下，桌面慢慢打开了，满桌的菜从里面升了上来。很久没有吃到家乡菜了，

我“唰唰”很快就吃完了。

下午，我在路上走着，忽然遇到了贾洪喆，他现在已是“甲壳虫”式装甲车的总设计师，因为试验中的一次事故，导致他右眼瞎掉，我们都流了泪水。

二十年后回到家乡，房子变了，车变了，人也变了，但有一点没变，那就是亲情、友情。

第二辑

亲情·友情·乡情

童年点滴

童年，是春风里一朵漂亮的小花；童年，是银河中一颗灿烂的星星。许多往事，回忆起来更觉甜蜜、温馨。我的童年就是在欢乐和幸福中度过的。

我好像一生下来就在幼儿园了。因为我妈妈曾经是幼儿园的老师，所以我上幼儿园从不哭，反而看到别人哭，我会感到莫名其妙。

长大一点后，我迷上了电视，整天看。什么《黑猫警长》《舒克和贝塔》《大风车》《天线宝宝》，都是我的最爱。我曾经疯狂喜欢“奥特曼”，那段时间“奥特曼”成了我的偶像，不论白天黑夜，我都惦记着，每天一醒来就会大喊：“奥特曼！奥特曼！”然后冲向电视机，简直到了痴迷的地步，直到电视机坏了为止。

童年，我最开心的事就是听爸爸讲故事。每天晚上睡觉之前，爸爸都会给我讲一个有趣的故事，听完后我才会很不情愿地躺下来睡觉。这大大丰富了我的想象力，使我一张口就能编出一个好故事。

旅游是我最喜欢的。爸爸妈妈经常带我出去游山玩水，大大增长了我的见识，启发了我的灵感，让我爱上了写作。

我的童年是那样的美好，那样充满乐趣。回忆它就像吃一块巧克力，慢慢品尝它的甘甜和醇香，是那么回味无穷。

“四口”之家

我们是一个“四口”之家。你一定会问，除了爸爸、妈妈、我以外，还会有什么人？是爷爷、奶奶，还是外公、外婆？这你就不知道了吧！是我们家的狗“大熊”，我们常一起玩，其乐融融。

我是一个阳光开朗的男孩，喜欢运动，自行车、篮球、乒乓、蛇行滑板、足球都是我喜爱的。我也是一个小网虫，经常“爬到”游戏里去，什么“红色警戒”“魔兽争霸”“星际争霸”“赛尔号”“永恒之塔”……我都会玩。笛子、书法也是我的拿手好戏，其中笛子已经考到了五级。

爸爸就像是一座火山，随时都可能爆发。平常山口长满了花草，鸟语花香，到真正爆发时又惊天动地。他常对小事视而不管，可对小事引发的大事超级关心。

别看妈妈外表很柔弱，内心却很坚强，我们一家的饮食起居都由她来管理，可以说，我和爸爸制造垃圾，而妈妈是“清理”垃圾的。虽然有时也会发几下脾气，但我们依然爱她。

在这里，我也不得不提我们家的第四名成员——狗狗“大熊”，非常惹人喜爱，还会坐立、握手、唱歌，所以我们也很喜欢大熊。

这就是我们的四口之家，不错吧！

我叫郑皓

我叫郑皓，今年 13 岁，来自浙江省浦江县实验小学。我不胖不瘦，体型还算不错，一直是班级中的“最高峰”。

我性格开朗、外向，目前由于“人生地不熟”，上课发言少了很多，相信随着时间的推移，我会慢慢活跃起来的。说实话，其实我是挺想发言的，可班里的同学太厉害了，有时候，还没等我举手，他们已经把我想说的话给说了，有的甚至滔滔不绝……

我爱好比较广泛，兴趣多多。我喜欢看报纸杂志和各类图书，梦想成为一名军事评论家。六年来，我学过围棋、象棋、乒乓、笛子等等，但大多数都被我放弃了，坚持下来的只有笛子和乒乓，学贵在精，这两项达到了不错的水平。我会继续努力，争取创造更多的“奇迹”。

当童年的脚印踏过校园的小道，到毕业那天在母校草坪里流下泪水……我还未从小学的梦里醒来，就站在了初中新的起跑线上，人生就是这样的，永无止境地奋斗着，探索着。

用最自然的笔调，写出清新灵动的文章——这是我的座右铭。

爸爸的爱

爸爸的爱是无私的，是珍贵的，所以我们要格外珍惜。如果你还不知道，没关系，其实都在你的生活中。

有一次，我发烧了，烧得很重。爸爸急得像热锅里的蚂蚁，在我的床边走来走去，一会儿给我喂药，一会儿给我换毛巾，但是一点儿效果也没有。无奈之下，爸爸只好把我送到医院。一位大夫量了我的体温，说："发烧烧得很重，必须赶快打吊针！"

爸爸听了，十分紧张，马上抱着我跑到了注射室，我看见要打针便哭了起来，无论护士怎样劝说，我都不愿，最后在爸爸奖励的诱惑下，才打完针。

慢慢地，我的烧退了，这时爸爸才松了一口气，倒在床上累得睡着了。

还有一次，我和爸爸去钓鱼，结果我一不小心掉到水里去了。当时我害怕极了，用力拍打水面，不停挣扎。爸爸赶忙跳下去救我，自己则付出了受伤的代价。

爸爸对我的付出说也说不完，爸爸的爱真的很伟大！

跟爸爸学种菜

自从住了新房子，闲不住的爸爸在房子后开垦了一大块菜地，每天早上和傍晚都能看见爸爸在菜地上忙碌的身影。

终于有一天，我也忍不住了。那天，我起得很早，看见爸爸要去菜地种菜了，我也赶紧跟了上去。到了菜地，我问爸爸："为什么要自己忙碌地种菜呢？市场上不是很便宜吗？"爸爸是农业大学毕业的，对这方面很有研究，他说："现在到市场上已经买不到'绿色'菜了，因为现在的农民为了省力，又为了赚钱，大量使用农药来抵御害虫，这样做虽然能让菜长得快、长得壮实，但菜里已经含有了能危害人们健康的药物，长期吃这种菜的人很可能会得各种病。而自己种的菜绝对是'绿色食品'。所以吃菜最好吃自家种的菜，这样吃着放心，还口感好，真是两全其美啊！"

接着，爸爸就开始教我种菜。我挖出一个坑，把菜苗种进去，填上土。我以为这样就把一棵菜苗种好了，谁知爸爸看了一下说："不行，土太松了！"说着又上前把菜苗扶正，再用手压了压边上的土，这样才算种好了。过了不大一会，我们就将这块菜地种满了，一行行小菜苗就像一排排战士，笔直地站在那里，纹丝不动。

我祝愿这些小苗快快长大。

爸爸，我想告诉您

爸爸，请听我慢慢说，希望您理解、改正。

以往您总是这样、那样地打骂我，我也不甚在意，可是，最近我越来越感到不对劲。

有一次，您接我回家，在进家门前，我被铁门“电”了一下（那几天下车后总带静电），正好您拎着东西等在我身旁，见我不敢开门，您就黑下脸命令我开门进去，当时我又被“电”了一下，可开门进去，您还向我“补”了两脚，我顿时摔倒在地，手被刮伤了。我呜咽着跑进家里，向妈妈诉苦，您立刻又冲进家门拧我，幸亏妈妈及时阻止，否则耳朵都被你拧成“麻花”了，您还扔下东西，气呼呼地冲出家门……

还有一次，我生病打吊针，另一只手写作业，一不小心做错了一题，原以为您会原谅我，谁知您还大骂起来：“这么简单的题还会做错，你是猪头啊？”说着一只手打过来，我身子一侧，你一手打中了挂瓶了的柱子，柱子应声倒地，瓶子摔碎了，吊针也从我手上飞快地脱离，我的手背马上血流不止，您还不以为然……

爸爸，您何时才能改掉这坏习惯？您何时才不会乱发脾气？何时才能控制住自己？

爸爸，您常对不应该打的事“过度关心”，应该打的时候却又不打。对错都分不清，胡乱一顿打就完事，可知给我心中留下了多少阴影？

爸爸，您得改一改了，请听儿子对您的希望：改正自己的缺点，不乱发脾气，不要把自己的烦恼，发泄在我身上。我不是您的“沙包”，也不是任踢的皮球，我是您的儿子。

爸爸，您一定要听听儿子的心声啊！

父亲的腿病

灯光夜影里，望着那蹒跚的背影，我每每流下泪来。

每当我发现父亲用双手用力捂在大腿上时，我便知道父亲的腿病又犯了。

听父亲说，他的腿病是累出来的。在他小时候，家里上下有十几口人，日子过得很清贫，几乎是以馒头、汤水度日的。父亲便不得不很小就去生产队干农活，为了多加几分工分，在没有完全发育的情况下，同农村正式劳动力一起挑一整天的猪栏肥。假期还得去离家几十里的山上砍柴，小山似的木柴压在他瘦弱的身上，几乎伸不直腰，他的腿也从此落下了劳疾。

这几年，父亲又为我升学、转学的事，风里来雨里去，更加重了他的病情，以至于走路都一拐一拐的，晚上还常痛得无法入睡。

又是一天晚上，寒风在屋外呼呼吹着，吹得台灯摇摇晃晃，光线忽暗忽明。一只大手轻轻把台灯扶正了。我放下手中的笔，又看见了那苍老的笑颜。“冷吗？要不我给你泡泡脚吧，大冬天的……”他带着干涩的语气说道。“那您的脚不要紧吧？”我略带疑虑地问道。“没事，没事……不就一点儿疼，算什么。”父亲笑了笑。我便任由他去了。

看他拎着洗脚桶上楼梯的时候，我便有些担心了。爸爸的手为什么总是扶着栏杆？为什么他还是有些摇摆不定？我心中想着，仿佛他颤抖的双腿有什么不好的预兆似的。

不久，他打好了水下来了。远远的，从二楼楼梯上传来走路的声音，但每一步都显得那么沉重，那么艰难。是父亲，他下来了。我一转身，那个身影又出现在拐角了，此时的父亲双手死死地托在桶的两侧，一只脚在前，另一只小心翼翼地贴在楼梯地板上，像是保持着什么平衡。

突然，父亲的大腿一阵猛烈地颤抖，终于无力支撑了，身子一下子向前倾去……哗！水溅了一地，只见他面如死灰，捂着双脚，蹲坐在地上。

我再也受不住了，冲上前，紧紧抱住他，接着又把他扶起，慢慢走下台阶。

“我真没用，连一桶水都捧不牢了。”父亲有些失望地说。“不是的……”我一时语塞，半天说不出话来，只在心里说着：父亲，不要放弃，在您病痛的时候，我便是您的拐杖。

释怀的那一刻

原来的我是一个不太爱言笑的人，似乎没有什么能够打动我的东西，就像小学毕业、与奶奶离别时没有落下眼泪一样。

又是一天的傍晚，细细的雨丝飘洒在我的面颊上，望着别人与父母匆忙离去的身影，我觉得很是凄凉。我没带雨伞，而父亲呢，从不会来接我，因此我也不太指望有谁会来帮助我了。我想雨很快就会停的，可没想到会下那么久，我蜷缩在位子上，就像一只孤单的流浪猫。这时门一下子开了，一个熟悉的身影走了进来，一双炯炯有神的眼睛向我投射了过来。“父亲！”我惊喜万分地向他跑去，却发现他身上湿湿的，犹如被水浸洗过一样。他好像看出了我的惊异：“呀，是我来接你的时候，伞破了……嗯，那把破伞，可真没用啊！”他说着拍了拍肩上的水珠。“父亲可是个爱逞强的人啊！”我轻轻叹了口气，谁都看得出，他是根本没带伞的。

“走吧，别回去太晚了。”他说着便拿他的外套披在我身上。我弯曲着身子，靠在父亲旁，就像靠在一座小山上似的，虽然我早已比父亲高出半个头。

我们就这样走着，走着，就像小时候一样，那时也是我靠在父亲旁，一点点地开始走路的……这情景也让我有些触动。

“您知道吗？”我突然对父亲说，“您知道从前我是如何看待您的吗？”他的脚步突然放缓了。“我觉得您很冷漠，从不肯帮我做些什么，没想到……”我呜咽了起来。在泪光中，我发现他的眼圈也红了。“你也要明白父亲的苦心啊……”他摸了摸我的脸，没再说什么，雨点在他布满皱纹的脸上流淌着。那一刻，我好像突然明白了什么。

那天父亲在雨天所做的事、所说的话犹如一缕阳光照进了我的心灵，把我那坚冰一般的心融化了……从那时起，我便释怀了，我变得开朗多了，感觉每天的生活都很精彩、很快乐。因为我读懂了父亲的心。

爸爸，为了您我愿意

窗外响起淅淅沥沥的雨声，像千军万马来临一般，又似古典的击鼓声，由远而近，由远而近……我端望着，在紫色窗棂的外面，弥漫着一层氤氲的水汽，漫天的雨帘像织起一张巨大而灰色的网，在天边斜挂着，笼罩着整个昏暗的世界，也笼罩着每个人焦躁而不安的心。

“叮铃铃……”随着一声急切而欢快的铃响，同学们把热切的目光投向窗外，投向那攒动的人群——他们知道，那儿有他们的父母，有归家之路。目送着同学们在家长的陪同下离去，我的心情难受到了极点，都这么晚了，竟还没来接我，爸爸是个多么迟钝的人啊……我默默地想，竟有一种想哭的孤独感。

“吱……”的一声，半掩的木门被推开了，一个湿漉漉的面孔从门外探进，带着一脸熟悉的笑颜——是爸爸来了。我却高兴不起来，望着他湿淋淋的衣服，便知道他又犯健忘的毛病了。“呵，今天加班，来晚了。啧，太匆忙，雨伞给落在办公室了……”他支支吾吾地解释道，拽起我的书包往外走，渐渐没入雨幕，留下那个颤颤巍巍的背影。“唉，爸爸老了，真的老喽。”我又想起父亲经常絮叨的话，心里怪怪的，不知是什么感觉，鼻子也莫名地酸了。我远远地顺着屋檐下，跟着父亲，雨丝渐渐地模糊了我的双眼，微风拂过，记忆在风中舒展……

昔日，父亲是我的偶像，他高大的身躯为我遮风挡雨，他宽广的心胸容我嬉戏耍闹，他渊博的知识可满足我丰富的求知欲。可时过境迁，渐渐地我发现，父亲变了，变得肥胖矮小了，变得脾气暴躁了，变得死板无知了，变得衰老了！可他依旧是那个父亲，爱我的父亲，他为了我的生活而四处奔波，为了我的学业而满头白发，为了我的成长而未老先衰……是父亲的辛劳换来了我的健康成长，是父亲给予了我一切。

一阵寒风夹杂着雨珠袭来，我这才回过神来，雨仍下个不停，可那熟悉的身影早已没入雨雾中，再也看不见一丝一毫。我咬了咬牙，不顾一切地往雨中冲去，纵身跃入无尽的黑暗中，搜寻那个可亲的身影。雨点敲打着我的脸孔，仿佛敲打着我的心灵。在道路的尽头，我终于发现了他，父亲——尽管他全身湿透、狼狈不堪，但我还能清晰地记得，他没入雨幕时的最后一个姿态。

我跑上前去，抓起自己的帽子，扣在他头上。他停住了脚步，吃惊地回头看了看。他的面容在路灯下显得那么苍老，尽是岁月留下的沟壑。他的背是驼着的，在灯光下显得多么的矮小、多么的无助。我的心突然被什么击了一下。儿时，我从不怕风雨，因为父亲的“高大”，我可以躲在他身后。而此时，我已长大，却仍在他身后……一种激昂的情绪在胸中沸腾，我忍不住跨步向前，为父亲遮出一片晴空：“爸，风雨大，我来走在前面。”

我就这样一直走着，那种酸酸的感觉消失了，取而代之的是一种由衷的自豪感和一份沉甸甸的感动。我就这样一直走着，任凭雨点散落在脸颊上，早已分不清是雨珠还是热泪。

爸，为了您，我愿意付出一切，我愿意发愤图强，我愿意好好回报你，可这份情债怎么还得清呢？龙应台《目送》里有这样一段话："我慢慢地、慢慢地了解到，所谓父女母子一场，只不过意味着，你和他的缘分就是今生今世不断地在目送他的背影渐行渐远。"可我却有些不认同，我没有选择退缩，而选择了奋进；我没有只目送他的离去，而会以行动去庇护他、保护他，给予他温暖、欣慰。

爸，风雨再大，不要怕，我来替你挡。

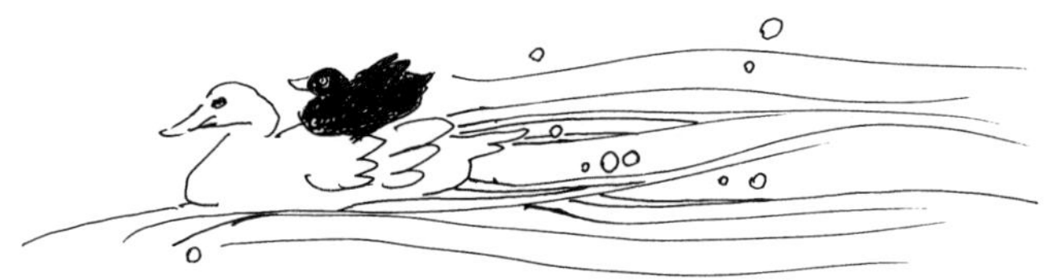

YINGZE

跟妈妈一起放风筝

童年时，每逢春天我就吵着买风筝，可爸爸妈妈总说我还小，不会放风筝，所以就不给我买。直到我七岁时，在我的请求下，爸爸妈妈终于同意给我买风筝了。

于是，在妈妈的陪同下，我兴高采烈地来到西山公园。哇！西山公园简直是一个放风筝的天堂。

路边摆放着各种各样的风筝，颜色不一，形状千奇百怪。我们挑了个飞机形状的，就跑到一片宽阔草地，放起风筝来。谁知，那风筝不但飞不起来，反而一头撞到了地上。这是为什么呢?

我和妈妈看到一个阿姨在放风筝，放得很高，于是我就上去问："阿姨，您放风筝为什么会放得这么高？"阿姨把放风筝的诀窍告诉了我和妈妈。

我和妈妈开始了第二次尝试，这一次我们不仅把风筝放上了天，而且还放得很高很高。我们在草地上跑来跑去，欢呼雀跃。一个路过的报社记者看到这一幕，忙按下快门，给我们留下了永久的纪念。

冬日里那一抹阳光

寒风刺骨，又到了初冬季节。虽然时隔多年，但我至今还能感到那股跳跃在心中的暖流，并时常留念。也许，岁月在不停地流逝着，但温暖依旧没变，在消逝的时光中，保存着初温。

儿时的那年冬天，很早就飘起大雪了，使我有幸在记忆的片段中，保留了一幅冬日的风景画——白茫茫的雪像鹅毛一般飘下来，落在房屋上，像盖上雪白的砖瓦，反照着银白的光辉；落在树冠上，像披上圣洁的棉衣，倒映着碧蓝的天空……

虽是美妙的景象，可也阻挡了我上学的道路。那么厚的雪，足有十五六厘米厚，已经“淹没”了我的小脚，我行走在雪地里，就像滑冰场上的小丑，小心翼翼地走着，被积雪弄得左摇右晃，冷不防还会摔个“底朝天”。妈妈看见我这副样子，又担忧地说：“这可怎么让你自个儿上学呢？”她当时说这话也合乎常理，一个弱女子，既不会骑车也不会开车，正碰上爸爸出差，又遇上“大雪封路”，也真不知怎么办才好。可我当时不懂事，竟还向妈妈提出让她亲自送我去学校的想法，但妈妈欣然答应了。

雪天的路又滑又难走，每一步都要使足了劲，才能保证不被滑倒。我和妈妈的手紧紧地握在一起，她在前，我在后，向学校缓慢地开进。

半路上，风突然加大了，大片大片的雪花夹杂着冰霜向我们袭来。忽然一块雪块冷不防击中了我的额头，我惊慌失措，脚下一滑，一个“狗啃雪”，栽倒了，妈妈急忙“跑”过来，用她平生最大的气力托起了我，抚摸着我的头：“要不要紧呀，我的儿子？”“没关系，没关系，过会儿就好了。”她安慰着我。顿时我忽然觉得有一股暖流涌进了我的心，头上的疼痛顿时消失，我又重新恢复了力量，站立起来，继续向前走去……

在那个风雪交加的早晨，母亲用爱的身躯，抵住了风雪，撑起一片晴朗的天空，给予我那一抹珍贵的温暖，让我的心得以解冻、升华……

心存一抹温暖，萧萧严冬何所惧？

买束郁金香送妈妈

妈妈从没有过属于她的生日过，这怕是她的期盼之一。

我只记得我过生日的时候，家里张灯结彩的样子。灯，全点上了，彩带，全挂起了。一家人围坐在大蛋糕前，待我轻轻点上蜡烛后，又唱起生日歌……每每我许愿的时候，妈妈总是对我说："许你自己的愿望吧，不要给我许……这样才灵验呀！""可妈妈的愿望又是什么呢？"我曾问过她这种问题，可妈妈总是笑笑，摆了摆手，便没再说什么。

从妈妈那里套出话来，说她的生日是 9 月 14 日，从她淡然的语气上看，她从未想过将获得一份意想不到的惊喜，我不由暗暗筹划了一番。

当日历悄悄撕去了 9 月 13 日这页的时候，恰逢是星期六，周末的花市显得更繁忙。人群在午后渐渐散去，一个陌生的面孔突然出现在店铺中。"店主，你们这儿有没有郁金香呢？""郁金香……我们这儿已经卖光了……""阿姨，店里还有郁金香吗？""有啊，你看看……""怎么会如此苍黄呢？""小兄弟，秋天已经没有鲜嫩的郁金香了……""哦……"

一连问了好几家花铺，我有些沮丧了，母亲平日里就喜欢郁金香，常栽种在庭院里，只可惜郁金香性娇，受不了日晒风吹，不久便凋零了，妈妈很是遗憾。

就在那与路口相交的地方，好像还有一家花铺，低矮的屋子很不引人注目。

“请问你们这儿有郁金香吗？”店主是个老头儿，朝我瞪大了眼：“你要郁金香做什么？”“我找了好多家店了，我要送给我的妈妈，她还从没有过过生日呢……”我喃喃道。老头的眼眶有些湿润了，他转过身去……他把一丛包装精美的郁金香递到我手里：“好小子，快送给你妈妈吧！”“谢谢……”我一路狂奔，像赶着什么似的，心里充满了快乐。

回到家，我跑上二楼，妈妈正在晒衣服。“妈妈，生日快乐！”我迫不及待地把郁金香捧上前。“呀……原来你还记得……这孩子……”她接过花，竟然感动得说不出话来，我也热泪盈眶，冲上前抱住妈妈。

夕阳的余晖下，氤氲的暮霭中，一对母子在阳台上，紧紧相拥。这不仅是一个儿子的馈赠，还是一个母亲十几年含辛茹苦的回报。

泪水滴在郁金香上，焕发出醉人的香气，使这一对母子，深深地沉浸在爱的世界里……

静 夜 思

门被重重地关上了，充满火药味儿的房间只留下我独自一人。我仿佛置身于无尽的黑夜中，却再没有人给我点灯，把我昏暗的心灵照亮。感受着左臂传来的痛楚，犹如鞭打在心口般。“你再这样一意孤行，我不会管你了，你不要再叫我妈妈……”耳边像又传来妈妈的怒斥，那么愤恨，那么令人心碎。

好吧，我们今夜就好好谈谈吧。

妈妈，您是我一生中最重要的人。真的，打小时起，您就教我嘟起嘴，哼上几曲动听的儿歌，在悠扬的歌声中我们相互欢笑；还记得您跟我一起坐金狮湖的画舫，您教我弯起手，捧起几颗晶莹的水珠，在玲珑的画舫中我们共同赞叹；不会忘记那寒冷的冬天，您将仅有的皮大衣盖在我颤抖的身上，在冰天雪地里，我们一起依偎……

啊，我亲爱的母亲，随着时光的流逝，从前的皓皓已经长大了，个子都一米八几了，您就不要用从前的眼光看待我了——也许您的眼中只有从前的“我”。

过去的，就让它永远过去吧；现在的我可抓得紧紧的。您也应该为自己的儿子而骄傲，不是因为他有多么好的成绩、多么高的写作天赋，而是他有一颗纯洁善良的心、包容的心、开朗的心。当有同学在学习和生活上遇到问题、困难时，我总是第一个前去帮忙；当别人给我取绰号、恶作剧时，我总能一笑了之。关键的是，我不会因为失败而过分自暴自弃，也不会因为成功而骄傲自大。对于各种突发的情况，我总能以冷静积极的心去对待。当然也不能排除一些心浮气躁的情况，一些忘乎所以的情绪，但我也能做到知错就改。我把每一天都安排得那么井井有条，尽可能把要做的每一件事都计划周全，这费了我很多精力。也许，我有些自傲，但我也终将会有骄傲的资本；也许，我有些固执，但这也是我前进动力的来源。

我的业余爱好是写作，这您是知道的。我喜欢写作，喜欢独自思考，喜欢随兴即作——聆听着那思维与笔尖共奏的交响乐，真是美妙极了。我认为文学是世界上最富有情感的艺术了。在文学的天空中，没有纯粹的白天与黑夜，只有复杂多变的思想和情感。当人心情舒畅时，它就可以变为和风细雨；当人愤怒时，它可以幻化为风暴雷霆；当人欢喜时，它就是树梢上俏皮的鸟雀；当人惋伤时，它又是屏栏边悲怆的寒笛。这些您可能都不知晓，但您应该知道“文学写作”不是单纯的作文——那是考场上无奈的呻吟。真正的文学写作是非常令人着迷的，但为此你需付出更多的时间和汗水，这是常人难以承受的，这需要更多的支持和鼓励。

今夜发生的不愉快的事，也许是因我的固执、我对您的大声。俗话说，每个圣人都有过去，每个罪人都有未来。暂且我们不评判谁对谁错。您的初衷还是非常好的，也是为了我写作水平的提高。可您不能只抓住把柄不放，去说什么考试啊、扣分啊，可您用双手掂量一下，是哪边重，哪边轻。说实话，当取得一些算不上什么的成就时，我也有所沾沾自喜，似乎有些不可一世的感觉，但这些东西都在不断进取中被抛弃、遗忘，因为我坚信没有最好，只有更好。写作这条路，我会以自己的方式走下去，会用眼睛避开前进的挫折，会用耳朵倾听来自各方的鼓励和抨击，会用自己的脚踏踏实实地走下每一个坚实的脚印，所以请您不要过分操心了……

聊了那么多，已经很晚了，祝您做个好梦！您要知道，我的世界有时很幼稚，但有时又像黑洞一般深不见底，强行闯入是会受到伤害的。

不过，您不懂我的世界，但您触摸得到。您应该忽然发现，一个不羁的灵魂，正悄然掠过身旁，那正是一种精神，更是一种倔强的骄傲。

读懂父母心

在默默中，有一些人，他们给予我们温暖以及幸福，他们甘愿为我们遮挡风雨及生活的挫折。他们是谁？一个共同的名称；他们在哪？一片熟悉的土地。他们就是父母啊！守护着我们的人……可你是否读懂了他们的心？

打小时候起，父母就给予我们无尽的温暖与关怀。不会忘记，父母带着我们缓缓爬起；不会忘记，父母帮着我们牙牙学语；不会忘记，父母为我们撑起天地；不会忘记，父母把最美的一切给了我们……然而你可曾想到如何去读懂他们的心？

冬天，格外的寒冷。傍晚时分，日落了，太阳把最后的一丝温暖带走，留给人们一片黑暗、凄冷的大地。睡觉成了一件最可怕的事，我望着坏掉的电热毯，身体也不禁抖起来，仿佛提前感受到了寒夜的威力。不久，十点半的钟声响了，我不情愿地往楼上走去，不愿抛弃楼下温暖的世界。“啪”，电灯打开了，洁白的羊毛被，整齐的毛边毯，装满了棉花的垫子饱满地胀开了……我真的不敢相信眼前的一切。我伸手摸床——是热的！不知谁替我铺上了新的电热毯？我望着那毯子，心里明白了几分。我转身往爸妈的卧室跑去，往他们被子底下一摸——冰冷冰冷的！爸妈原来是有电热毯的呀，难道……正当我猜想时，有人拍了拍我的后背，是妈妈：“我们两个觉得被子太厚了，晚上睡得太热，所以帮你换上了我们的电热毯，对吧？”爸爸会意地点了点头。“爸爸，妈妈！这么冷的天，你们怎么能把电热毯换给我呢？你们会受冻的！”“你这个笨孩子，儿女是父母心头的肉啊！你着凉生病怎么办呀？”泪水模糊了我的双眼，手中抓紧的被子是那么薄，那么薄……

爸妈啊！冬日里，你们给予了我温暖，而自己却默默忍受着寒冷……

爷爷的木莲豆腐

今年是爷爷离开我的第三个年头。从爷爷离开我的那天起，我就再也没能吃上爷爷做的木莲豆腐了。看到木莲豆腐，我就会不由自主地想起爷爷。

爷爷不是我的亲爷爷，他曾是少年宫的门卫。那时，他和奶奶住在一间低矮的平房中，守护着那个园林。说是园林，其实荒废已久，里面只有几棵树，没人修剪，树枝都长到围墙外面去了。只有老人们脸上的皱纹和几根锈迹斑斑的铁轨，见证着少年宫以前的勃勃生机。

记得小时候，我第一次来到少年宫，便深深地爱上了这里。高大的梧桐树，欢乐的小火车，神秘的战斗机……爷爷看见我，总是笑眯眯地迎上来，抱起我，呵呵地笑，把我转得晕头转向才把我放下来。我总喜欢跑去坐小火车，嘴中念念有词，手舞足蹈；玩腻了，再钻到报废的军用飞机中开飞机，那份快乐的心情，至今还记忆犹新。

长大一点后，我去少年宫不再去玩那种“幼稚”的游戏，却爱上了爷爷做的木莲豆腐。爷爷做的木莲豆腐可好吃了！每到夏季，我三天两头跑去爷爷那儿，只为喝上一杯清凉可口的木莲豆腐。我不单喜欢吃木莲豆腐，我还喜欢看爷爷做木莲豆腐：爷爷洗干净手，从井里提一桶水，从碗柜中拿出一个小布袋，往里面装上一些木莲子，把小布袋的口子扎得紧紧的，然后把小袋子放到水桶中使劲地搓呀搓，一会儿工夫，就有黏黏的液体从袋中流出，慢慢地融入水中，桶中的水慢慢稠起来。等到小布袋里的木莲子再也榨不出汁的时候，再放入一点粉，搅拌一下，把水桶放入冰箱……我睁大眼睛看着神奇的过程，生怕遗漏了一个细微的动作。过了十几分钟，我迫不及待地打开冰箱，发现桶里的水像果冻一样了。爷爷满满地舀了几大杯木莲豆腐，总不忘在我那杯多加点糖水，每次我都会欢喜地跳起来……就这样，爷爷的木莲豆腐伴我走过了一年又一年。却不知，时光也将爷爷的头发渐渐染白了。

回想起最后一次吃爷爷做的木莲豆腐的情景，我总是情不自禁地流下泪水。爷爷颤颤巍巍地递给我一碗木莲豆腐，摸着我的脑袋，喃喃自语："时间过得真快，皓皓都长这么高了……"他望着日落的残霞叹息道。临走的时候，他恋恋不舍地送我出了大门，在残辉的凉风中，他的身影显得那么瘦弱。他没有说话，只是挥动着枯柴似的手，带着深情的眼神，与我作别。而我也没想到，一切都来得那么快，这竟是我最后一次见到爷爷。

那年冬天，爷爷就在睡梦中离去了，我不敢相信这是真的。我再也吃不上爷爷做的木莲豆腐了。此后，我曾在街边买过好几次木莲豆腐，可就是没有爷爷做的那么好吃，那么清凉可口，那么带着一股浓浓的疼爱。

如今，我带着不舍与思念离开家乡在外求学。回味着爷爷的木莲豆腐，仿佛爷爷就在眼前，朝我眯眯笑，一股无言的感慨涌上心头。

忆奶奶

奶奶已经走了，但那熟悉的声音依旧萦绕在我耳畔。

“好好读书……”从前，每当我回老家的时候，便能听到这声音。在奶奶慈祥的目光下，一双粗糙的大手在我的肩膀上轻轻拂了拂，又把一条彩线绳小心翼翼地系在我的脖子上。这是惯例，据说这样做是能带来好运的。

一次，我又到老家，坐在门前的小板凳上，望着冬夜的村庄，一团团朦胧的暮霭。这时，一股香味扑鼻而来——那是青菜麦饼的味道。我咽了咽口水，自言自语，说：“要是下次能吃到麦饼就好了，可惜明天就得上学了……”

“老头子，我听见皓皓说想吃麦饼，我看我们今晚就给他做几个吧。”屋内传来爷爷奶奶轻声的对话。不一会，奶奶拿着把灵巧的小镰刀走出去了。我偷偷跟着她，来到了菜地里。冬天的夜非常冷，银白色的霜铺在青菜上，在月光下格外的显眼。衣着单薄的奶奶小心翼翼地伏下身来，一边用手拂去霜，一边用镰刀割下菜叶。望着奶奶那苍老的身影，我不禁流泪了。

人已逝，音犹在。回忆奶奶，回想起她对我说过的话、为我做过的事，总是很心痛。

清明祭外公

依照我们江南的气候，凡到了清明大抵是要落雨的。可这次不仅滴水未下，反倒有炽热的阳光，便觉得是头等奇怪的事了。

话说是因为前些日子下多了雨，老天爷没有多余的泪了，才能有今天这么响晴的好天气。生搬硬套地选了个“吉日”，我们打算在星期二去扫墓祭外公。

扫墓的准备自前一天晚上就开始了，今年轮到我们家做“大祭”，所以按照规矩，要编白菊篮和做清明果。白菊篮要选用上等的竹条和白菊，清明果要不停搓。这些活儿是不容许间断的，“白菊不配隔夜绿”，倘若停做或不做便是对祖宗的大不敬。就这样，我们一直做到了午夜，待到午夜钟响，便是第二天了。我们匆匆收工，接着跑上了二楼，就昏睡在床上了。

为了“迎早”，星期二我们起来很早。“吉时”从八点半开始，但我们还是早早地出发了。

“沙沙沙”，轮胎辗压着清芳的土地，远方，望见了寂静的浦江陵园，还是那么的祥和、安定。

阳光，凝照着青绿的矮松，投下零零星星的碎斑；和风，吹动着灰白的烟雾，笼罩密密麻麻的背影。一切都是那么幽静，一切又是那么一成不变。

走着，走着，迎面送来一股清新的花香，阳光顺着枝丫滑落下朵朵的斑影……定神一看，原来不知不觉来到了外公的墓前。外公去世时我才一岁，但他在病榻上还一遍遍地嘱咐妈妈照顾好我，让我好好学习……想起外公，我情不自禁地流下了泪水。

“啪啪！”鞭炮声打断了我的思绪，我如梦初醒，赶忙给外公贡上黄纸，摆上白菊篮和清明果，虔诚地向外公跪拜。

清明，又是一年清明。每年的清明都有着无尽的怀念和留恋。你看那沧桑的石碑，是它们牵着时光在走。

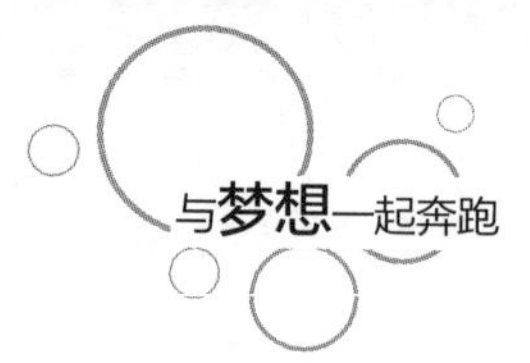

“糖雕”老爷爷

在学校的正对面，不知何时出现了一个做“糖雕”的小摊，做糖雕的是一个白发老爷爷，布满皱纹的脸上挂满慈祥的神情。

更令人吃惊的是他做糖雕的技术出神入化。

他一手拿平底锅，倒上糖水，均匀地旋转，当糖变成金黄色时，他把一块白模板一放，就把锅里的糖料一点点地倒下来，眼睛、鼻子、身体、前肢、后肢……都在老爷爷手里变得格外清晰，猴子、兔子、老虎、凤凰……各种各样的动物，雕得栩栩如生。

我在旁边“驻足痴望”，糖雕像一块巨大的磁铁，把我吸引住了。我摸摸口袋，咽了口唾液：“爷爷，这糖雕几元一个？”爷爷笑着说：“两元一个。”我又看了看口袋，里面就一块多钱，我一下子红着脸十分尴尬——贵了！爷爷也似乎看出了什么，竟顺手拿了一个最大的，递过来。我一时语塞，不知道怎么办才好，他笑着说：“小朋友，不用着急，这个送给你。”我惊异地拿过糖雕，心里比吃了蜜还要甜。

我们班的“何会计”

人们都说，会计只是算钱最厉害的，可我不这样认为，因为我们班就有一位这样的“会计”。

“何会计”就是我们班的谁？大家肯定猜到了，那就是何况。可能大家会说，何况怎么会成会计呢？请听我一一道来。

何况外貌平凡，长得瘦瘦的，唯独头稍大。鼻子不佳，但脑子却“思路通畅”，在班里数学数一数二，眼珠子常常在眼眶里转来转去，再加上一副眼镜，让人觉得很聪明、很有知识。

第一件事就发生在我和他之间。

一天，我和他正一起上学，快走到校门时，他忽然发现自己的什么东西丢了，拼命地找。我问：“你丢了什么东西啦？”他没理我，只顾找，我又说：“丢了也没关系的，我待会借你就行了！”他却说：“不行，我一定要把东西找出来。”正当我准备进校门时，他惊喜地叫了一声：“找到了！”我猛一回头，只见他从马路上捡起一块小橡皮：“这块橡皮还够我擦 101 个字。”我无可奈何地看着他，嘴里嘀咕着：“神经病。”可他还是依然那么认真、固执，那么精打细算。

他还有个习惯，就是把一天的生活数字化。

上午上完课，他跟我说，他用掉了那块橡皮的 1/3，写掉了那支笔的 2/5，下课小便用了两分钟……我不耐烦地听着，但他还是不停地说呀报呀，说得我那天上午没力气。

他还有一个特点，就是说人家花的时间。有一次我正在写作业，他凑过来说：“估计你要做 12 分 23 秒。”我没理他，谁知他又小声地说：“估计你做错的概率是 83%。”我一时火起地说：“你有完没完！”他竟然又说：“你打人的概率是 100%。”我哭笑不得。

“何会计”爱“算账”，所以每次数学考试他都能考高分。是啊！如果没有学习兴趣，就算再聪明也无济于事，“何会计”也一样。

我的朋友潘天宇

要回学校的时候，又路过老潘家旁，绿荫依旧，拥着银白的门窗。我久久伫立，注视着，这熟悉而又陌生的地方。

他的样子仿佛又清晰了许多，放电影似的在我脑海里一遍遍地闪现。他长得不算高，因为瘦更显得低矮了几分。一头黑发浓密地绷着，好像马的鬃毛一样粗硬，扎着他小小的耳朵。高高的鼻梁上架着一副“书生镜”，小眼睛里装着两只黑黑的眼珠子，滴溜溜地转个不停……

他的脑子动得是那么快呀，以至于常常“出口成章”。记得刚学过《悯农》后，他便改说：“锄禾日当午，地雷埋下土。×× 去挖土，炸成二百五。”有一次他突发奇想，写出了震惊“中外”的“暖风吹得小羊醉，扒了羊皮做大衣”奇句。只是好景不长，考试时头一昏，他就把这句话写上去了……

他的“小气”也是出了名的，买东西要砍价、借东西要“好处费”、带零食要“跑路费”……他每天放学时都要计算“支取”，生怕少赚了多少似的。一次参加生字竞赛，我和他一起分在了 B 组，他正坐在我前面。临近比赛时，我意外地发现自己的橡皮不翼而飞了。我在心里暗暗地告诫自己，千万不要写错，千万不要写错，谁

知道越怕就越出错，没过几分钟，我就写错了四个字。我只好向老潘求救，他极不情愿地扔给我，并伸出三个指头。“是不是能用三下或三分钟呀？”我问他，他却始终没有答复。这小气鬼何时变得如此大方呀？正当我准备擦除时，一只有力的手从我指尖夺去了那块宝贵的橡皮。“喂，你不是说好擦三分钟吗？”我气愤地问他。“我又没有承认是三分钟，我只给你用三秒，记得要给我补偿啊！”他脸上露出“邪恶”的笑容，便转过头去了，任凭我如何恳求，都不答应……

车快开了。我不能在这里多留步了，尽管我的心不愿离开。

夕晖妆点着碧绿的树荫，银白的门窗又印上了朵朵嫣红。再见喽，我的家乡；再见喽，我亲爱的朋友。不管路途多么遥远，不论未来多么艰险，朝霞与余晖之间，我们真挚的心，永远牵挂在一起。

我最崇拜的老师

成长至今，每个人心中都有自己最崇拜的人，他或许是航天英雄，或许是普普通通的人。然而，许多看似普通的身躯上，流动着的却是“不平凡”的血液，带我们奔向美好的明天。

在我的心里，查老师就是一位这样的人。

查老师是我们小学一至四年级的数学老师。背地里，男生们叫他“山楂”。

“山楂”今年三十多岁了，皮肤是健康的朱古力色，带点黄，看上去有点儿粗糙。他很瘦，好像一摸就能摸到骨头似的。他那宽阔的前额上刻着岁月之痕——辛苦的工作使得皱纹变多，三十几岁的人看起来像四十几岁了。但望着他那和蔼可亲又略显威严的目光，我们都对他肃然起敬。

最让我难忘的是他的课。他会将一个在同学眼里看起来不重要的问题进行解析，把同学们不懂的地方一点一点讲述，深入浅出，听得我们都入迷了。等我们都理解了，还会布置相应知识模块的巩固练习。

大家都觉得他教书好，收入一定很高，可他依旧过着“简朴”的生活。

一次偶然的机会，我有幸来到他家，见证了他朴实的生活。

那是个星期五的晚上，我有不懂的题目，就去请教他。按照他说的地址，我穿过一幢幢矮小、破旧的房子，来到查老师家。虽说这房子不算很旧，但也有些年头了，墙上破砖块上的青苔就是最好的见证。我轻轻敲了敲生了锈的门："查老师，您在吗？""请进吧。"进屋时，我趁机瞄了一眼四周——一台老旧的电视机，一排旧沙发，一张小木桌旁放着两三把小椅子。查老师招呼我坐下，我们便开始探讨题目……

临走时，他送我一支笔，说让我好好学习，有问题可以来再找他。我回头望了望他那瘦削的身影，鼻子一酸……我紧紧握住那支笔，像握住什么宝贝似的，一步步朝家走去……

郭老师，我想对你说

百花千枝，开不尽春华秋实；千言万语，道不完恩师真情。虽然只相聚一年的光阴，那感动的烙印却永远铭记。亲爱的郭郭，请听我说。

记得，那年秋天的开学，四面八方的优秀学子汇聚一堂，组成了706。而您，亭亭地站在讲台上，秀美的长发格外溢彩，粉笔在您的手中跳跃，只见书写下一个大字，我才知道，您姓郭。

从您那温暖的言行里，我懂得了什么是友谊、什么是团结。起初，我们班就像一盘散沙，没有目标，没有希望，更没有领头羊。每个人都只为自己，只为利益而努力，班风也无力地耷拉着。您循循善诱，教导我们如何去做好自己的工作，履行自己的义务。您架起了班级的桥梁，化解了同学的隔膜，用诚恳、和蔼的话语，凝聚起同学们强烈的向心力，用真诚、无私的行动，推动着学习的高潮。

从您的眼里，我明白了什么是仁爱、什么是宽容。自您接班起，您就很少批评同学，甚至还有些过分包容。但我知道，我们犯过不少错误，您这么做，是想保护我们，不想在我们的人生中留下污点。被嫉妒时，您不愤恨，因为您有宽容之心；被猜忌时，您不害怕，因为您有坦荡之心；被刁难时，您不停步，因为您有仁爱之心。您

能心平气和地对待每一件事情，因为您知道生命的每一次成长，都需要时间。

可最近您变了，不爱讲话了，来到教室变晚了，脸色变惨白了……我就感觉您一定出了什么事。星期五的晚上，记忆犹新的一夜。您在最后一节自修课道出了实情——您已经三天没合眼了。我们更像热锅上的蚂蚁，惊恐得不行。这惊恐正是发自内心的对您的爱啊，也是向上天最真挚的祈祷——愿您平安无事。您却没有再说什么，来回答我们的惊恐。郭郭，无论发生什么事，您都要挺住！不知道命运在您身上开了多大的玩笑，也不知是什么力量打击了您，但您要记住，无论有多大的困难，我们一起来克服；无论有多大的风雨，我们一起来抵御。因为我们有同一个集体——706！因为我们有同一个梦想——706！不管遇到什么样的危机，706全体同学，永远和您站在一起！

一纸难尽，千言万语；千言万语，道不完恩师真情。郭郭啊，谢谢您的教导，谢谢您对我们的付出。从您的身上，我们汲取到了知识，汲取到了力量，更汲取到了宽容与仁爱、班级的友谊和团结！

朦胧中，又看见您的笑颜，多么淳朴。您带领着一群孩子，翻过一座座山坡，趟过一条条河流，伴着晨晖与暮霭，不知疲倦地走向远方……

那张微笑的脸

记忆的相册中，铭刻着许多的脸，那些脸是儿时的回忆，是光阴的见证，更是人生不可多得的珍宝。时光在匆匆流逝，但记忆永恒不变……

脑海中显现出一张这样的脸：一头乌黑的蓬发，亮闪闪的，微黄的脸颊上嵌着一双乌溜溜的眼睛。两条弯弯的眉毛，像细钩一样，挂着一只塌塌的小鼻子，一副圆圆的书生镜架在鼻梁上，一副“文弱书生”的模样。淡淡的微笑给人浅浅的愉悦感，像轻风，更像天边恬静的明月。

这才回想起，他叫何况。

在学习上，那张微笑的脸常激励我奋斗。面对一门门课程、一沓沓作业，我真感到有点力不从心，特别是偶尔的考砸，更常使我失去信心。但他却始终保持着微笑，每门课成绩都名列前茅。有一次，我遇到了不解难题，向他讨教，他笑了笑，对我说：“这道题并不难，关键要仔细，你再想想看。”我只得照做，到后来，竟也做出来了。

在生活上，那张微笑的脸常帮助我成长。毕竟是住校学习，没有父母的帮助与呵护，我常会在课余遇到些小麻烦。记得那次是傍晚，黄昏的雨正下个不停，我孤单一人倚在校门口，望着茫茫的雨雾……突然，一把雨伞遮住了灰暗的天空，我抬头，又看见那阳光般的微笑在伞下展开："雨这么大，你怎么还一个人待在这儿呢？我们一起回家吧。"我应和着，脸上微凉，也不知是水还是泪。

毕业时，我们互相作别，他没有说什么，也没有送什么，只是浮起淡淡的微笑："愿你也能微笑地面对自己，面对未来。"我发自内心地答道："是的，我会的。微笑不仅是你的，也是我们大家的。"

时间飞逝，如今这些记忆都成了历史。光阴又怎能抹去我记忆中他的印记？我将永远守望，这记忆中永恒的微笑。

我的英语老师

“It means...”“Jobe! You say...”英语老师扶了扶她那淡紫色的镜片，有条不紊地问道，台下又是一片寂静……

这就是我们的英语老师——Miss Fang，不得不说，她是一位严厉的老师，我们给她取了个绰号叫“方老虎”，因为她很凶。她的容貌也很有个性，虽说看上去像瓜子脸，其实也有棱有角的。她的鼻子从上往下，先低后高，宛如幼儿园的滑梯一般。她的皮肤很是干燥，像晒干的黄纸，我猜她笑起来的时候，皱纹一定会更多，不过很少见她笑。一天到晚只听见那怪声怪气的口头禅“It means...”。

记得有一次上课时，她正一本正经地读着，有板有眼有节奏，像古代私塾里的“老先生”一样，对于我们来说却像是“催眠曲”。“好想睡觉啊……”我揉了揉眼，眼前却更加朦胧起来了……她迈着小碎步快速地走过来了，冰冷的眼角中射出可怕的“利剑”。“Call!You say!”她的嘴唇轻轻地动了动。我这才如梦初醒，惊慌的手指乱翻着书页，眼光急切地搜寻着，可始终没有找到答案。该死的……我的头上冒出了冷汗。她冷笑着看了眼我被翻乱的书本，随后目光从书上移开，冰冻的“利剑”又射向我，我的心思好像被看透了一样。“Call! Stand up!”她冷笑着说，“看，这个人又浮开去

了……”接着传来英语混合浦江话的骂声。我无奈地站了起来。也好，站着清醒些……我尝试着自我安慰。

“Call，下课到办公室一下。”她抛下一句“温柔”的话语，拿着书走了。我呆呆地伫立在原地，吐了吐石头：“这下麻烦了。要去‘喝茶’了……”

我轻轻地推开了门，有些不情愿地走进了办公室……我发现了一盆盆景，就放在她桌后的窗子上，细细的枝干和叶片整整齐齐地盘绕着、舒展着，每一片的叶脉都在阳光下非常清楚，凝聚的绿色给人一种清新的感觉——一定有人精心地护理着。我望了望盆景，又看了看方老师，两者似乎有什么联系似的。原来她也是这样一位细心、独具匠心的园丁呀！原来她私底下还有这样一面！惊讶之余，我居然有了一些小小的感动。

“以后上课要认真点儿，是不是昨天没睡好呀？”方老师拍了拍我的肩膀，“以后注意休息。”沧桑的脸上不经意地浮过一丝笑容，我从没想到她能笑得如此美丽。

记忆中的郭老师

有一些东西引领你向前，他们叫梦想；

有一些则带你回到过去，他们叫记忆。

——题记

若有人问我最珍爱的东西是什么，我一定会回答道："是校园的记忆。"

距那次依依不舍的离别已过去将近半年了，如今的我忆起金外来还是非常清晰的。那些人、那些事都好像历历在目，偶尔想到一些感触很深的事情，竟还会不经意地流下泪来。

我并不想描绘什么好的环境，或是多么令人向往的风景。那些回忆都源于一个人——郭老师。

古人曰："良师益友，不可多得也，难寻。"能在初一遇见这位优秀、高尚的老师，是最美的意外了。

郭老师有着一张朴实的瓜子脸，平坦的前额，红润的双颊，一双别致的黑框眼镜架在低矮的鼻梁上，犹如一座弯弯的拱桥。她黑黑的眉毛好像一弯新月，一双炯炯有神的眼睛含着笑意，像一汪静静的湖水。别看她貌不惊人，她可是一位教学有方、品德高尚的名师。她带的上一届班，几乎全考上了金一中。她常常在课余时间给予我们教育，教导我们如何为人处世、如何敬爱父母等。起先我并

不以为然，以为她只是一个会讲“空话”的老师，有时还嫌她过于啰嗦，现在想想，我那时真的太“聪明”了。

那是一个冬天的傍晚，天下着雨，灰蒙蒙的，好像就要黑了，空气里透出一股刺骨的寒意，刚亮起的路灯，在雨帘中黯淡无光。“你好好反思反思，昨天的‘周周清’，怎么会考得这么差……这些我都打过圈的题目，回去后再重做一遍吧，明天拿给我看……”办公室传出了郭老师的声音，而那个被训的人正是我，昨天的考试我考了全班倒数第二。战战兢兢地走出办公室的门，此时的我眉头紧蹙，脸难过地皱成一团，飞一般向寝室跑去。冰冷的雨点重重地打在我脸上，溅起一串串伤心的水珠。回到寝室，我这才发现自己的水杯忘记拿了，望着苍茫漆黑的暮雨，一种痛苦感油然而生，涌上干枯紧锁的喉头。

突然，楼下传来一阵脚步声，像急促的鼓点一般，由远而近……一声清脆的咳嗽声在我们的楼层响起——那分明是郭老师的声音。门“吱”的一声打开了，一个湿淋淋的身影走了进来，我吃了一惊，转身又望见那双眼睛——依旧平静如水。她的头发摆脱了束缚，杂乱地垂落两旁，豆大的水珠成串地往下挂，她的手里拿着一个水杯，正是我的……我惊讶极了：“郭老师……这……这水杯是不是落在办公室里了……您不用这么送过来的……我明天会自己去拿的……”我断断续续地说，颤抖的声音中充满了害怕。但只见她抬了抬僵直的胳膊，慢慢转了个身，那双布满粉笔灰的手紧握着杯盖，显示出很努力的样子，小心翼翼地放在我的书桌上。“傻孩子，没有水杯你今晚拿什么喝水呀……读书、考试的事不要太在意，努力就好，老师相信你一定能行的！”她缓缓地说着，笑容又舒展开了。我心中的阴云顿时烟消云散，我旋开杯盖，一股温水顿时涌入我的心田，我的心灵感到一种说不出的感动和满足。望着那下楼的身影，望着窗外越来越大的雨，我的内心有了一种动力。我拿起一把雨伞，匆匆冲下楼去："郭老师，等一等，我给您送伞来了……"朦胧雨帘中，隐约有两个人，相互依偎着，都带着温馨的笑容。

那些温馨的校园回忆，像一座香炉，在那不知名的黑暗角落里，静静地传播香气，辉映光明。

让我说声“谢谢你”

感谢岁月的忧伤，感谢人生的欢喜。那些曾经帮助、触动我的人儿，请容我道一声：“谢谢你。”

老师是辛勤的园丁，将梦想的花露，撒向每个孩子的心里。忘不了那次班会，主题是“我的梦”，老师您侧倚在讲台上，聆听着同学们小声的议论。过了一会儿，您请同学们发言，“我的梦想是能经营一家大公司，赚很多的钱……”“老师，我想做一名航天员，探索宇宙的奥秘。”听着这些略显幼稚又单纯的想法，老师您还是笑眯眯地点点头说道：“每个人都有自己的梦想，我也不能说谁好、谁坏，但请大家记住，梦想是一粒种子，需要每个人用汗水和努力来灌溉，不能放弃自己的梦想，执著追求，才能真正地获取成功——梦想的果实。”台下顿时响起一片掌声。我的心也有所感触——是啊，梦想需要汗水和努力来实现，空想是无用的，我们必须拿出行动来证明。为此，我要更加努力了，为了我的梦想。

谢谢你，敬爱的老师，您教会了我们如何去追求梦想的真挚。

每天的学习生活中，朝夕相处的，除了老师还有我们亲切的同学们。忘不了那次校园篮球赛，我们班的一名队员受了伤，好像小腿骨折了。班里顿时乱成一团，大家都不知该怎么办才好。教室里

SCENE

很静，唯有窗外夏日的蝉鸣声声。“这样吧，你们几个去医务室拿担架，等会我们把他抬到医院里去……”班长发话了，原本混乱的人群，又有序起来。担架抬来了，班长等一行六人把伤员放在担架上，向仙华骨伤科医院进发了。医院离校虽然不远，也就一两千米的样子，但烈日下，班长他们的脸上早已热汗淋漓，但他们仍然坚持着，每一步落下的脚步都显得那么沉重、吃力，最终，伤员得到了及时妥善的治疗。那受伤同学的父母前来感谢他们时，他们却说：“也没什么大不了的，同学间互相帮助也是很正常的嘛！”

谢谢你，亲爱的同学们，你们给我展现了班级中深厚的友谊。

谢谢你，老师和同学们，在这人生的讲坛上，你们每次响亮的发言都是那么感人、令人振奋，这所有的东西都已深深地刻在我的脑海中。

有你们的日子里，真的很开心！谢谢那些教导和陪伴……

幸　福

幸福是什么？幸福是一种感觉，幸福是一种思念，幸福是一种期盼，幸福是一种心灵的满足与慰藉，幸福是心灵的家园。

记得每次回老家去看年迈的爷爷奶奶，爷爷奶奶总是特别开心。尤其是今年暑假，当他得知他最小的孙子——我被金华外国语学校录取后，高兴得半天合不拢嘴，流下了幸福的泪水。爷爷分明是幸福的，虽然他整天坐在轮椅上，生活不能自理，但从他笑得像哭一样的脸上，我看到了他心灵的满足与慰藉。幸福在爷爷的脸上。

或许我们这个班底子有些弱，或许我们的适应能力比较差，在期中前我们班的成绩总是落后于别班。但班主任老师没有泄气，依然精神饱满地引领着我们出发，只要我们有一点点进步，总是给予鼓励。她常常说："同学们，你们已经取得了进步，应该为自己鼓掌。"这使我们充满了信心和自豪。幸福在老师鼓励的话语中。

远离亲人在外求学的我，每晚九时的电话时刻是我最幸福的时光。爸爸总是在第一时间接听我的电话："皓皓，又一天过去了，你还好吗？苹果吃了吗？作业多吗？睡觉时感觉冷吗？"以往总觉得啰嗦的叮嘱，现在却觉得格外温馨，仿佛一股暖流流遍全身，驱散了一天学习的疲惫和冬天的寒意，那暖流伴我进入梦乡。幸福在每天一个的电话问候声中。

住宿在学校一个星期，终于可以回家了。饭桌上，妈妈总是准备很多我平时最喜欢吃的菜，脸上流露出幸福的笑容。“来，孩子，这是土鸡肉，多吃点！”妈妈总是不停地往我碗里夹菜，好像恨不得把一星期的饭菜、营养一下子全装进我肚子里。我慢慢地吃着，享受着美味佳肴，分享着一家人其乐融融的爱。幸福在堆满菜的饭桌上。

晚上九点多，妈妈就让我准备睡觉了。妈妈早早地就准备好了热热的洗脚水，铺好了整洁的床单和厚厚的被子。“孩子，天气转凉了，还是多盖些被子吧，不能再感冒了！”生怕我晚上睡不好觉，真是“可怜天下父母心”。可也是，在家里总比学校睡得好、睡得安稳踏实，总能甜蜜地做一场好梦。幸福在温暖的被窝里。

幸福存在于生活的每一个角落，来源于思绪的每一次跳动，只要我们怀有一颗感恩的心，用珍爱的眼光去发现幸福，用细微的感触去体会幸福，你就会发现，幸福就在你身边。

我们有幸生活在幸福的年代、幸福的家庭、幸福的706班大集体中，没有理由不珍惜美好的时光，努力学习，去追寻更加美好灿烂的未来，去创造自己更加美好的心灵家园——幸福。

第三辑

校园·家园·乐园

铅笔盒事件

今天，我放学回家，拿出铅笔盒正要做作业的时候，爸爸看见我的铅笔盒变形了。爸爸把这事告诉了妈妈。妈妈追问我说："铅笔盒是怎么搞坏的？"我怕妈妈责怪我，就骗妈妈说："我也不知道怎么回事，午饭后出去玩了，回来就看见铅笔盒变成这样了。"妈妈不相信，对我说："妈妈不喜欢撒谎的孩子，做错事情不要紧，只要下次不要再犯这样的错误，妈妈就不责怪你。"

听了妈妈的话，我就把事情真相告诉了妈妈。事情是这样的：今天吃过中饭，我看见走廊上很多五颜六色的泡泡在飞，那是楼上哥哥们吹下来的肥皂泡。我就用手去打，只打了几个，我不过瘾，脑子一动，想到铅笔盒，拿着它可以打更高的泡泡。我就拿了铅笔盒去打泡泡，打了泡泡还是不过瘾，就把铅笔盒捏成船形扔向泡泡，打了好多泡泡，可是铅笔盒却被搞破了。

妈妈看我说了真话，脸上露出了微笑，并告诉我，铅笔盒是学习用品，要好好爱护它、珍惜它，不能乱丢乱扔。我低下头，向妈妈承认了错误。

两只鸽子飞进家

昨天晚上，爸爸困了，准备睡觉，关上窗户的时候，忽然看到窗外有两个毛茸茸的东西，仔细一看是两只鸽子，爸爸猛地一抓，把它们逮住了。

早上，我看见妈妈一脸神秘的微笑，就知道有什么事情发生了。妈妈说："昨天飞来了两个毛茸茸的东西，你猜猜是什么啊？"

我猜不出来，妈妈暗示我说："把那箱子打开看看就知道了。"我打开一看，是鸽子！它们长着一双有力的翅膀、一对圆圆的小眼睛、两只红红的脚、一身洁白的羽毛，可爱极了！

爸爸对我说："这两只鸽子还可能生小宝宝呢！"爸爸叫我给鸽子喂食，开始鸽子看也不看，爸爸说："鸽子怕人，我们先走出去再说。"我同意了，慢慢走出了鸽子的视线，然后就听到"笃笃笃"的声音，我连忙轻手轻脚地走过去，发现鸽子正在用尖尖的嘴吃食物，看见它们这模样，我忍不住笑了起来。

晚上，我想着成千上万的鸽子从我头上飞过，慢慢地进入了梦乡。

我家的鱼缸

走进我家，一眼就能看到一个高大的鱼缸，带着几分欧式风情。但你不知道，这美丽的鱼缸可是来之不易，还经历了几番周折呢！

第一个鱼缸是妈妈硬买下的。要知道，为了买这鱼缸，爸妈还发动了几次“战争”呢！最后爸爸终于被妈妈说服了，买下了这个鱼缸。可是，有个朋友到我家来做客，她可是美术设计师，她看了一下鱼缸，说：“整体上还好，就是小了点，感觉有点儿小家子气。”

听了朋友的点评，不服输的妈妈又想把鱼缸换成更大的，可又遭到了爸爸的反对，爸爸说：“这个看看就算了吧！换新的还浪费钱。”看见爸爸又在打退堂鼓，妈妈就立刻拍板：“这事就这么定了，钱我自己会付的，不用你管！”爸爸哑口无言。

过了几天，新鱼缸就运来了，我们把新鱼缸放在柜子上，美丽的景色把我吸引了：火红的热带鱼在水草中间嬉戏，好像是一个个火把，在绿色的水草里面若隐若现；一座小小的风车在水流的驱动下慢慢转动。最有趣的当然是那变化多端的气泡了：有的像大鱼吐水，极轻快地上来一串气泡；有的像一串明珠，走到中途又歪下去，真像一串珍珠在水里斜放着；有的半天才上来一个气泡，大的、扁的，慢慢地，有姿态地摇动上来，碎了，看，又来一个！有的好几串小碎珠一齐挤上来，像一朵攒得很整齐的珠花，雪白。有的珠花像蝴蝶一样，飘飘悠悠地飞上去……

我和爸爸围绕着鱼缸不停赞叹，妈妈在一旁露出了得意的表情："怎么样，不错吧？"爸爸嘿嘿一笑。从此这鱼缸就在我家长久居住啦！

扫 墓

清明节快到了，学校里开展了一年一度的为烈士扫墓活动，很荣幸，我们班被选中了。学校里共有 33 个班，只有一个班才能被选中，而且一年只有一次扫墓的机会，有很多人读了六年都没有机会去扫墓呢！全班同学憋足了劲，等待着第二节下课的到来。

随着轻快的下课铃声，下课了，陈老师走进教室说：“同学们，我们要去扫墓了，注意不要乱说话，要严肃，懂吗？”我们大声喊道：“懂！”接着我们就出发了。经过茂密的树丛，踏过灰白色的石板路，就到了烈士墓。

每个同学都挺直腰板，目视前方。这时一位老爷爷走上来，说：“请各位领导、同学为烈士默哀。”这时现场鸦雀无声，空气好像凝固了似的。三分钟后，场面才缓和下来。这时老爷爷说：“好，请各位同学拿起手中的白花献给烈士。”大家都向烈士墓走去，把手上的白花扎在烈士墓旁边的球形的观赏花木上。这时我望向烈士的雕塑，高大的烈士雕塑屹立在石板上，目光炯炯有神，那眼神仿佛在向我们说：“孩子们，你们一定要好好学习，将来为祖国做贡献啊！”

是啊！扫墓并不是一种形式，而是通过扫墓缅怀革命先烈，学习烈士们热爱祖国、热爱人民的精神，将来为祖国、为社会多做贡献。

上课时的不速之客

星期三那天，我们班发生了一件新鲜事，一只黄黑色马蜂飞进了我们的教室。

事情是这样的，我们正在上英语课，这时，只听到一个靠窗坐的女生叫道：“啊！有马蜂！救命啊！”

全班一阵恐慌。老师问：“在哪里？”

那女生指了指旁边的玻璃窗，上方停了一只硕大的马蜂。

课堂秩序被打乱了。有的人躲在桌子下，有的躲在门后，还有的趁乱东奔西跑，场面乱七八糟。

老师拿起了苍蝇拍，向马蜂挥去，“啪！”竟打了个空。

马蜂十分灵巧地躲开了拍子，向同学们飞来，所到之处，一片尖叫。

那只马蜂也许被高分贝惊动了，马上向墙壁飞去，一动不动。

老师又用那苍蝇拍挥去，这次好像打中了，马蜂竟慢慢地飞出了教室。

正当我们要去追赶时，英语老师拿起了英语书：“Please，open you English book.”

全班异口同声：“oh, no!”

周日骑车游

周日早晨，“叽叽喳喳”，我在一阵阵鸟鸣声中醒来。我伸了个懒腰，下楼去吃早饭。

不见爸爸妈妈，只见圆桌上放着一张纸条：“皓皓，爸爸妈妈早上有事，出去一下，早饭自己吃方便面吧。”我喜上眉梢，终于可以过一个自由的早晨了。

“哐啷，哐啷”，卷铁门拉动了，我骑着自行车飞快地驶出房屋，奔向田野和大路。咦！稻穗在向我招手，松柏在为我鼓掌！我微笑着注视着这些大自然的朋友。

踏板飞速地转动，自行车速度越来越快，身后的房屋渐渐远去，时间好像凝固了，整个世界也好像只有我和自行车在奔跑，我完全沉醉在骑车的乐趣中，忘了世界，也忘了自己……

骑遍了整个小区的我，又准备去别的小区转转。我穿过一排排房屋，转过一个个弯道，将早晨的阳光和露水收集齐了，从外面转了一圈骑回了家。

我似乎还沉浸在那份喜悦中呢！

人鼠大战

“吱吱吱，吱吱吱。”一阵刺耳的叫声把睡梦中的我吵醒。我揉揉眼睛，看了看钟表，现在是深夜12点钟，怎么会有声音呢？但又一阵“吱吱”的叫声，引起我的警觉，我轻声叫醒了爸爸，迅速地打开灯。“吱喳！”一个黑影瞬间钻入柜子下。爸爸蹑手蹑脚地走过去，用木棍狠狠地捅了一下，里面竟蹿出一只大老鼠！“快来打大老鼠啊！”我吓得声音都颤抖了。妈妈闻讯而来，一场轰轰烈烈的“人鼠大战”开始了。

“老鼠又跳进电视柜下了！”我大叫。妈妈拿起扫把，挡住了左边出口，爸爸胆大，从右边用棍子拨，老鼠左跳右蹿，还是逃不出去，一急竟一下子向怕老鼠的妈妈冲来。看见老鼠跳上了扫把，妈妈尖叫一声闪到一边。老鼠突然像吃了豹子胆似的向我冲来，我怒火冲天，小小老鼠怎敢如此张狂？我趁它转弯瞬间，一“锤子”打下去，打偏了，只打中了尾巴，老鼠惨叫一声，爬上了窗帘。爸爸走过去，冷不丁地用力一扯，那老鼠掉下来，爸爸挥起手就是一棍，这一棍十分有分量，老鼠许久才从地上爬起来，躲进角落里。我看老鼠还没被打死，就从边上拿来个被子拍，爸爸用棍子在角落一捅，老鼠蹿出来，我看准时机，朝老鼠狠狠一拍，那老鼠四脚朝天，不停地抽搐着，试图作最后的挣扎……

我拖着疲惫的身子钻进了被窝，却怎么也睡不着，默默祈祷：“但愿天下无鼠。”

体育之歌

歌声，总是伴随着悠扬的音乐和优美的旋律，萦绕于耳。有这样一首歌，振奋了每个人的内心；有这样一首歌，点燃了熊熊的生命之火。它来自团结、奉献、拼搏、坚持；它来自赛场、运动、赛手——它就是体育之歌、运动之歌、精神之歌！它歌颂了运动员的优秀品质和永远不衰的体育之魄。

今天，我们要在这里为班级争夺一个冠军，在这里为班级荣誉而战。

强烈的拼搏之音，来自不断上升的横竿。

“看啊！方雷斌，加油啊！”只见方雷斌站在了比赛场地上。“哗！”他冲了！他冲了！他向横着的标杆“冲锋”了！只见他越跑越快，在快要接近标杆的时候，突然左脚猛地一蹬，右脚猛地向上一抬，身体腾空而起，轻轻地跃过了横竿。“跳过去了，跳过去了！”场上响起了一阵热烈的欢呼声。在欢呼声中，横竿升上了新高度，方雷斌要向新的更高的目标攀登了。又轮到他了，全场刹那肃然无声，大家都在等待新的奇迹。他深吸一口气，咬了咬牙，向前猛跑几步，脚用力一蹬，身子一弓，向前一跃，像猛虎扑食般冲了上去。在他再次腾空的那一瞬间，我屏住了呼吸，眼光跟着他的身影向前飞跃、跨过横竿……“啪！”他稳稳当当地落在垫子上。“好！”“又过去了！”观众们的喝彩声像潮水一般涌起。

长跑需要用坚持之音来完成。

“叭——！”一声枪响，声裂长空，运动员们“唰”的一声如离弦的箭，向前冲去。400米长跑开始了，考验毅力和耐力的时刻到了。“看哪！何况‘超车’了！”一位同学叫起来。我定神一看，没错！就是他——那位腿受过伤的同学，如今却成了我们班的长跑健将，他是多么顽强啊……没等我多想，何况像风一般“飞”过了终点线。我们像发了狂似的，向何况冲过去，一边跑还一边喊：“何况得了第一名！得第一名了！”

这样的体育精神融入美妙音符，组成了一曲永远不会消退的心灵之歌！

跳蚤书市

今天是个阳光明媚的好天，学校决定在下午举办跳蚤书市。听到消息那一刻，我们的欢呼声盖过了广播声。

到了下午，学校就开始喧闹起来，有的三五成群在楼底下谈论“书市”的买卖，有的早早向即将卖书的同学预定；还有些小书迷不等“书市”开始就迫不及待地去买书看书。广播响了起来，我的心欢喜得就要蹦出来了——跳蚤书市就要开始了。

拎上装书的袋子，藏好买书的纸币，一行人带着激动的心情，从楼梯上蹦下，摇摇摆摆地向操场进军，连塑料袋的“沙沙”声也变得格外轻快。

书市一开始，同学们像“解放”的蜜蜂，向四面八方散开来。同学们卖书的方法可多了：几个女生用各自的书拼成了个书摊，吸引来买书的同学；四五个男生像游击队一样，看见有人来了就赶紧推销；有的则大声呼喊，招来一些“顾客”前来选购……

我和潘天宇也摆了个书摊，开始卖书，不知怎的，一开始生意不很景气。只见潘天宇站起身来，朝四周喊道：“卖书啦，卖书啦，卖上好的书啦！”我吓了一跳：“你喊什么喊呀？”“你不知道，这叫招揽生意……”话还没说完，他又喊了起来，“卖好书了！走过路过不要错过！”还真像路边的小贩。不一会，一群闻讯而来的人还真挑了起来，我不禁对老潘举起大拇指，“牛”。老潘得意地笑了起来。“喂！同学，这本书你卖不卖？”“顾客”的声音打断了我的思路。“嗯，这本《笑猫日记》,10元吧。”我指着崭新的扉页说道。“太贵了吧！那边卖八块！”他不满地说。于是我和他一起去看了那本又破又旧的《笑猫日记》，差点儿笑掉大牙。“好吧，好吧！那就10元吧。”他无奈地说。我喜滋滋地把10元钱放入腰包……

到书市结束，我足足卖了八本书，赚来了50多元钱。当我带着欢悦的心情和获取知识的畅快回到教室时，我发现书正对着我笑……

再见！我的小学

踏着时光的流水，穿过六年的界限，我们迎来了“最后的晚餐”。啊！六年啦，从前的树苗已长成大树，树干的年轮又多了六圈。但唯一不能忘的是那清澈的“湖”，“湖”上那座弯弯的小桥早已将那一份可爱、那一份温柔印进了我的心灵。

走进学校的大门，映入眼帘的是那棵碧绿的垂柳。她那婀娜的身姿舞动着细长的“头发”，让人看了满心舒爽。我常坐在那围栏处，望着那几枝碧绿的“头发”，闻着柳叶苞散发的幽幽清香，抚摸着它那细长的身体。一阵风吹过，满枝的绿叶飞舞起来，把我紧紧地包围，我似乎落进了绿色的海洋。

走上楼，便来到了我们的教室，这是充满读书声的地方。

这是个不大的教室，23 张桌子占了一大片地方。在乌黑的黑板上方贴着“发现美　创造美”字样。教室左右有几扇窗户，阳光透过洁净的玻璃窗射进来，把教室照得异常明亮。教室后面是评比栏，评比着每个同学的背书、发言、劳动……评比栏下方，是用钉子钉住的同学们的优秀作文。一切的一切，使这儿成为独特的风景线，成为读书的天堂。

“加油！”“冲啊！”咦，这声音是从哪儿传来的？闻声而去，一个宽大的操场映入眼帘，橙红色的跑道和绿色的篮球场上站满了人，“加油！加油！”的助威声络绎不绝。跑道上正在进行百米赛跑，六个同学你追我赶毫不相让，“哗哗”，就连树也在为他们鼓掌。同学们飞一般向终点跑去……不远处，一群人正围在球场中打篮球呢！一个同学忽上忽下地抢球，往后运球，投球了！“啪！”球在空中划过一条优美的曲线，准确地落入了篮筐中，现场又爆发出一阵喝彩声。

虽过去六年光阴，可校园美景依旧。相信校园美丽的身影会一直印在我们脑海中，凝聚在每个人的心中！

致父母
——写在小学毕业前夕的一封信

亲爱的爸爸妈妈：

你们好！

我是你们“抱在怀里怕碎了，含在嘴里怕化了”的宝贝儿。眨眼间，时间已过去六年！从前的树苗已经长成校园里笔直的大树。啊！六年了，有多少欢歌笑语留在孩子的脑海中；有多少酸甜苦辣留在孩子成长的记忆里。打开那尘封六年的心灵的窗户，向你们说说，我在校园中的点点滴滴。

和同学们相处，自然是我莫大的幸福。每天走进教室的时候，我总爱和同学们打个招呼：“你好！来得这么早啊！”“嗯，你也是呀！”望着那天真的笑容，心里总是像喝了蜜一样甜。“铃铃铃”，伴随着优美的音乐声，下课了。这边几个同学结伴到教室外走走；那边三五个同学围成一桌，津津有味地看起书来……整个教室充满了快乐的气氛。要是遇到困难也能得到大家的帮助，遇到伤心也能让大家分担。

将来离开小学母校，来到陌生的中学校园，我也一定会努力学习，奋发向上，结识新的同学，建立新的友谊。

祝

身体健康，工作顺利。

你们的儿子：郑皓

2011 年 5 月 24 日

“金外”夏令营

回家的汽车欢快地吐着烟，在干燥的路上留下车轮碾压的印痕。金华外国语学校（我们一般简称它为“金外”）的大门在车窗外渐渐地远去，最后消失在马路的那头。坐在车上的我既依依不舍又格外兴奋，依依不舍的是美好的夏令营活动，格外兴奋的是又能回到家了。

七天前的那天早上，天格外晴朗，朝阳像滚圆的火轮，高高挂在碧蓝的天空中，喷射出万道金光，给万物罩上一层灿烂的霞辉。我轻轻地叹了口气。要是在昔日能见到这番景象，那真是太好了。但谁又能在告别父母时不伤心呢？乘着悠悠的浮云，我们一路来到夏令营地点——金外。

我们的班主任姓郭，听说是一位教书水平很高的老师，她的课堂比较生动，能够带动学生的积极性。副班主任姓项，长得很漂亮。

这个夏令营主要就是让我们熟悉初中的快节奏生活，更好地适应金外的学习生活，同时让我们掌握一些好的学习方法，学会一些较简单的初中知识，了解一些校规、校训，更快地融入金外这个集体。金外的“人才”真是太多了，个个身怀绝技，唉，要超越这些人，谈何容易，我只得在课堂上、下课时多花些时间，充实自己、武装自己，使自己更上一层楼。

在外头，谁不想家？说不想家，都是假的，说到要离家三年或更长，我有点儿害怕，有点儿后悔，有点儿担心。但也希望有这么一次机会，在金外磨炼自己、超越自己，用辛勤的努力，换来未来的成功。“不经风雨，怎样见到彩虹？”我坚守着这句话，一定要坚持到最后。

我的七年级

一路走来，一年的光阴即将远去，回首是初升的朝阳、满天的星光。一年前，我们莽莽撞撞地度过六年小学生涯，带着几分稚气和幻想，踏入这初中的殿堂。

一切都像是全新的开端，在初中三年拉开序幕。

友谊是全新的。我们来自五湖四海，应着机缘与巧合，共同组成了一个大家庭。在这里，没有了往日的同学，没有了亲爱的父母，那一张张陌生的面孔，着实让我感到恐惧。但那面孔是善良的、是诚恳的、是善解人意的，没有丝毫的虚伪、做作，我感到放松了许多。我开始尝试着用自己的开朗、真诚去融入这个集体。尽管还是遇到了一些困难、碰了一些壁，但我知道，那是友谊的考验，只有予以真诚的付出与对待，才能换来友谊的回报和收获。我相信，时间终会淡化成长的磕磕碰碰，友谊之花也终会在初中的怀抱中绽放。

生活是全新的。离开了“衣来伸手，饭来张口”的生活、深爱着我们的亲人，我们只身来到金华“闯荡”。没有了物质上的支持，也没有了无微不至的关怀，我们独立面对着成长的风风雨雨，能帮助我们的只有自己。我自身就是一个典型的“案例”，十二年来就如同躺在父母的怀里，没有干过什么活儿，也没有做什么事儿。此前的日子，倒也过得舒坦，没有大风大浪，只有灿烂阳光。可真到金外就傻眼了，繁重的学业、自主的生活，都像难题一般摆在我的面前。我努力地去做，想尽一切办法去弥补自身的不足。刷牙、洗脸、晒衣服，我只得一样样地去完成……在这样的磨砺下，我终于具备了独立生活的能力。

七年级，这缤纷、坎坷的一路，即将完结，没有人知道前面的路还有什么困难、艰险在等待着我们。我不怕，因为我有珍贵的友谊；我不怕，因为我有自信的风帆；我不怕，因为明天还会有明天的太阳，初中这条路，我们必将走过！

忙碌的中学生活

在校园中的每一天都忙碌而充实。忙碌是通往知识宝库的大门，忙碌是通向成功之路的捷径。忙碌中你不知疲惫地充实自己，忙碌中你废寝忘食地积累知识。

早晨，忙碌从卧铺里出来，它叫醒了沉睡的同学，好赶快投入新的学习；中午，忙碌在食堂里行走，好让同学们加紧吃饭，早点回寝室休息，迎接下午的挑战。

忙碌常在教室中，在同学们认真的脸上。书山有路勤为径，学海无涯苦作舟。只有在忙碌中抓紧学习、获得知识，才能从本质上领略学习的乐趣。忙碌在每页书的文字上、数字上，在每个同学的心里扎下了根。

忙碌常在宽阔的操场上，在同学们流汗的脸上。为了准备运动会，许多同学早早地就开始训练。瞧，那用力举起的哑铃；看，那飞驰狂奔的“火箭”；还有那轻巧的“灵燕”，面对两米左右的横竿，跑上去轻轻一跃，腿在空中一夹，还未等你看清，就已经过了横竿。

傍晚，太阳渐渐下沉了，留下一片晚霞，西天像泼上了鲜红的墨水，那红墨水淋淋漓漓，把校园也泡红了。紫红色的光辉把最后的一丝余光撒向大地，撒向走廊，撒向每个同学忙碌的汗水。

但忙碌从不歇息，即使是如此绚丽的黄昏。这不，刚刚吃完饭的同学，就被推进了教室，开始了新的忙碌。

生活因为忙碌而有意义，人生因为忙碌而充实。此刻天色正亮，路上秋色正浓，请大家珍惜忙碌，珍惜每次忙碌的机会。

敲墙的同学

在我们的寝室，有一座墙，一座经过五年沧桑而布满“皱纹”的墙，它的任务是隔离两个寝室各自的梦。但在那夜，梦被敲破了。

那是个宁静的秋夜，亮晶晶的星儿像宝石似的密密麻麻地撒满辽阔无垠的夜空。那飒飒秋风，似一柄美丽的绢扇拂过，那样的轻，那样的柔……一轮冰盘般的素月恬静地倚在深邃的苍穹中……

“砰砰砰，砰砰砰！”不知从哪儿来的嘈杂声，将秋夜的宁静打得七零八落，每个人都从睡梦中惊醒，目瞪口呆地相互注视着……“砰砰砰，砰砰砰！”这回，我们发现这声音是从隔壁519寝室传来的。用手触摸墙壁，还能感受到细微的余震。

断断续续的敲墙声，在凌晨终于停歇了，宁静又笼罩了夜空，但那断断续续的敲墙声，好像还在我心中“呼呼”地响着，使我久久不能入睡。

当那火红的朝阳跃上云端，向大地撒去万条金鞭的时候，我们早已睡意全无，一股脑地冲进了519寝室，不出我们所料——在小胖旁的墙壁上，我们发现了隐隐约约的掌印。我们马上叫醒了小胖，问他有没有敲过墙，他竟然漫不经心地说了一句：“没有！”他的举动更加激怒了我们，我们六个人便你说一句，我说一句，“据理力争”。小胖很快就顶不住了，竟然被我们“说”哭了。那大声的哭，刺激着我们的神经，我们一个个就像老鼠一般溜走了。

那天晚上，敲墙声更响了，似乎还带着一些怨恨的情绪在里面。

第二天，当得知敲墙是小胖因为学习紧张梦中所为时，我们将一封道歉书工工整整地放在了小胖的书桌上……此后的夜晚，格外安逸和宁静。那墙再也没有被敲响过，仿佛披上了保护衣。

在灿烂的星光里，那最亮的一颗，不正是小胖的笑脸吗？

寒窗下的梦

夜，格外宁静，罩住了沉睡的大地；月，悄然升起，洒下了银雾般的冷清。铺满碎银的大地格外美丽。鼾声四起，唯剩我倚床痴忆。

水的轻声，“哗哗”地在耳边响起，波光粼粼的湖面，多么美丽神秘！晚风吹在耳边，水波细舔着脚趾，软泥包裹着脚背，水草缠住了小腿……“啪嗒，啪嗒”，溅起了一阵明亮的水花，夕阳下的湖畔，又印上了几个深浅不一的脚印……

小学毕业的钟声，“当当”地在脑海响起，鸟语花香的校园，多么令人留恋！晨光照耀着走道，绿草点缀着小路，轻风摇曳着树枝，小鸟在轻声鸣叫……“嘻嘻，嘻嘻”，传来一声轻快的嬉笑，清晨中的校园，又来了几个早起的同学……

啊，时光飞逝，这难忘的一切，都将成为过去。过去的时光终将过去，怎能期盼将来再重演过去的经历？俯看着冷霜的地，仰望着苍茫的天，我不禁“头涔涔而泪潸潸”了。

成长的道路不是一帆风顺的，难免会遇上艰难险阻。

回顾去年的光阴，是一条苦乐交织的小道。入学的初喜，考砸的悲伤，成功的欣喜，犯错的恐惧，都汇聚在一起，组成了多彩的学习生活。白花花的作业纸，紧张的周周清，一叠又一叠的提优

POLO R.L. & CO
NAVAL TAILORS P.R.L.Co
ABSOLUTELY
UNEQUALED
POLO R.L.
109 Prince St
867 Madison Ave

Relax

卷……我在学海中不知疲惫地奔波着，一站又一站，一路又一路。偶尔踩到了块“绊脚石”，我摔倒了，我失败了，我“受伤”了！但我仍走着，走着，心儿永远向往着希望，因为我相信，通往成功的路充满荆棘，而在忍痛穿过后，留下的便只是温暖的阳光。

今年的路，更加起伏和艰险。望着无边的路，我不知怎么办才好，只好硬着头皮，小心翼翼地踏好每一步。然而如今，我又一次重重地摔倒了，心情也跌到了谷底。能够这样坐以待毙吗？绝对不行！我努力挣扎着爬起，迈着颤颤巍巍的脚，继续踏上征程。

前方，不知还有什么困难在等待着我；而我，也开足学习的马力，去改变、去战胜，一个又一个的困难。

寒窗之下，我有了一个沉沉的梦。

霖霖的春

窗外的雨，不知疲惫地下着，一滴滴，将透心的冰冷，注入我们的身体。

不知几日没见着太阳了，灰着脸的天狞笑着撒下一片阴冷的阴影。这虽是三月天——小孩的脸，也不该是这样吧？赶走了温暖和阳光，留下无尽的凄凉。

病毒们又开始蠢蠢欲动了，没有了紫外线的抑制，越发地猖狂了。有越来越多的人生病，有越来越多的人“倒下”，也有越来越多的人站出来，勇敢地同病毒作斗争。

赵子博病了，说是淋了寒雨，一夜之间，就发起了高烧。只见他脸色苍白地躺在床上，无力地耷拉着两肩，两只眼睛失神地凝望着，像是要盯住什么似的，却又力不从心……

我们心里顿时觉得很不是滋味，大雨天的，又生了病，多难受呀。我扶着床边的铁栏杆，轻轻掀开了被子的一角——他蜷成了一团。见我上来，他只是有气无力地哼了几声：“这么晚啦……干嘛呀……下去……下去……我……”他忽然哽住了，又咳嗽了几声，哆嗦着用手合上了被口。他颤抖着，摇得木床嘎嘎直响。他气喘得忽快忽慢，好像会突然断掉一样。“子博，你好些了吗？还要药吗？”我忍不住问他。“那你……找一下……退烧药……”他发出微微的声响。药递上去了，只听“咕咕”几声，便什么声音也没有了……

但总有一些人，困难打不垮他，挫折压不倒他。像我们敬爱的郭老师，虽身患多病，仍奋战在第一线，挑起学习、教书的重担；像我们的班长，虽没有老师的安排，仍能帮助同学预习、复习，度过一天又一天，打好一仗又一仗……在我们的身边，有那么多不屈、勤恳的身影，他们不仅给了我们希望，也播下了温暖的种子……

明天的路在何方，我不知道；明天的苦在何处，我不知道；明天是否还有困难和挫折，我不知道……但我知道，明天还会有明天的赤热太阳，穿过绵绵的阴雨，把春天的第一缕阳光，撒向大地，撒向每个人的心！

雨　露

雨露，在悄然之间降临，虽是平凡，却润湿了大地与山河。而在我心中，也曾沐浴心灵的雨露，那么有情、那么甜蜜，在心苗即将枯萎之际，给了我希望乃至生命的滋养。

总是有那么几位，是父母，是老师，终日守望着心灵的苗木，用自己的汗与泪，浇灌着这些绿枝嫩叶。

不管身处何时何地，我们在父母的心里，永远是“长不大的孩子”，我们人生的第一滴雨滴，便从这滴落、汇聚。似乎厌倦了父母唠唠叨叨的教诲，逐渐长大的我便时常不愿意再与他们交流了，甚至想与他们疏远，可父母还是放心不下，每日都打电话。但我现在发现，这种“唠叨”反成了我动力的源泉。每次补好作业，拖着疲惫的身子与他们通话，挂断电话时，便觉得得到了最温暖的慰藉。父亲对学业的问询、母亲对生活的叮嘱还回荡在耳边，回荡在心头，那长长的电话线构成了心灵的桥梁，我在这头，父母在那头——在短暂的几分钟里，那温暖的雨露便由这“桥梁”，涓涓细流般流进了我的心里。

学校是我们的第二个家，老师也是我们的第二任家长。难忘那活泼的马尾辫，那灵动而略带灰黄的面孔，永远炯炯有神的眼睛像一汪静谧的潭水。初中的道路，艰难而又曲折，我们遇到了机遇，也遇上了挑战。我们一次次被打倒，又在您的帮助下，重新爬起。在那一次次“化险为夷”的背后，隐藏了多少您艰辛的付出、苦心的操劳。在我们灰心丧气时，您又劝导我们“不放弃、不丧气”，引领我们“一个也不能落下”，一步步向前、向前……您苦心孤诣的教导，我又何曾忘却，那甜蜜、真情的雨滴，撒满我的心田。

如今，在接受雨露的同时，我又开始思索怎样才能分享这珍贵的雨露。也许一张笑脸，能送去雨露；也许一声问候，能给予雨露；也许与人真诚相处，能带去雨露；也许待人接物心平气和，能赠予雨露……心是越来越暖的，雨露也是越撒越多的。

点点雨露，可以润万物；涓涓细流，可以成江海。

想　望

转眼间，我们又送走了“清明”，回到了学校。时光匆匆地流去，染绿了河畔的垂柳，映白了满树的梨花。

望着一页页飘落的日历，我竟有些惊惶了。是啊，再过九天，我们就要迎接期中考了，而我现在仍被作业弄得一头雾水，能不揪心吗？

无数的豪情之誓，逐渐被人们忘记；但许多行动的真理，被永恒地保留下来了。我发现，成功是属于脚踏实地的行动的！但那动力又从何而来呢？是怀揣着对未来的憧憬，还是激发起思维的火花呢？我全然不知，但我知道，当你想“要”的时候，心中就会澎湃起力的浪潮。

但我又应如何去做呢？这是个未知又可知的问题。

清晨起来，朦胧的芳绿满地。远方的田野眨巴着晶亮的眼睛，沐浴着灿红朝晖。不知那成片的田野里，有着多少芳草，又有着多少荆棘。我们的未来也就像广阔的田野，充满着阳光和微笑，也布满挫折和悲伤。有一个早行者，步行在田埂上，矫健的身影跨过土坑和荆棘。土坑生气了，绊倒了他；荆棘发怒了，刮伤了他。但他一次次地爬起，一次次地包裹起伤口，走着，走着，一直走到山穷水尽……在那个地方，有着扑鼻的花香，有着飞舞的蝴蝶，有着美丽的彩虹，更有着新的日出。

我又何曾像他一样做呢？遇到困难和挫折，我只一心地回避，不敢直面困难。困难和挫折，是人生必过的坎儿，“只要是硬着头皮去闯练，总会度过的”，但我始终畏缩不前，并常常做着“当一天和尚，撞一天钟”的事，这又怎么行得通呢？当困难一天天地堆积起来，才真正感到它的庞大、不可逾越了。

人生之路，只能自己走过去。定下目标，把握好方向，调整心态，学会脚踏实地，总结经验，做到万无一失……然后怀揣着梦想，迈开步伐，向你所想要的前进吧！沿途会有美丽的朝阳，艳丽的黄昏。但要留神，要防备脚下的陷阱与毒物，不能迷醉其中，不能痴心妄想，也不能流离徘徊……要知道，征程才刚刚开始……

仰望着苍天，我似乎又通悟了几分。毕竟人生之路，还是五彩缤纷的，不能为挫折所屈服，也不能为失败所蒙蔽。

付出与收获

很多人以为，埋入种子，不久便可以收获甜美的果实……却不知在播种后，又要撒下多少汗水和泪水。

——题记

又望见灰蒙蒙的天，细细的雨；又听见哗哗的雨声，嗒嗒地舞。又是平凡的一天，可又不愿平凡度过，我在彷徨中，不觉得又加快了脚步。

教室里有零零星星的几个人，一种特殊的安静笼罩着整个教室。还算早呀，我舒了一口气。放下书包，还未坐稳就瞧见桌子上的“红批大纸”——周周清。呵，这么快出来了……嘻嘻，应该不错吧！我心里想着。怀着一种小小的期待，我轻轻翻开了试卷，四个刺眼的大红叉映入眼帘——82分！我差点跌下椅去，虽然82分不算很差，但离我目标的90分差远了。我揉了揉眼睛，又看了看，又揉了揉眼。只见那刺眼的红叉、令人吃惊的分数，却没有一点儿改观，依旧死板着脸，向我吐着冷气。在确认自己神志清楚后，我又陷入了沉思。为什么这次又没有考好？我前天可做了许多好题目啊。为什么这道题会抄错？我可是检查又检查的。为什么这三天的周周清都不理想？我都认真听课了，认真准备过了呀？！为什么别人考得好，我就考不好？为什么每门课离A都差一点啊！为什么呀！！！

幸好这只是我内心的怒吼，没有真正咆哮出来。在经历短暂的愤恨后，我又平静下来，痴痴地望着窗外。

雨，依然下着，在空中密密地斜织着。远处，一片油油的绿，悄悄地冒起。我眼前一亮，从未见到那样的绿，绿得那么耀眼，那么自然，那么沁人心脾！也许是早耕的菜苗吧，也许是新发的嫩芽吧，也许是新春的希望吧……虽然淋着寒雨，依然那么坚强、那么勇敢，萌动着无限的生机与活力。

或许摘抄的还太少吧，或许方法还不太对吧，或许做题时还应更仔细吧……望着细雨中朦胧的绿，我顿然醒悟了，付出与收获是成正比的，但仅仅盲目地付出只会一无所获……默默地努力吧，用智慧的洪流，冲垮困难与挫折，滋润希望的种子。一星期，一学期，一整年……相信付出的泪与汗，终会绽放成功的花朵！

我冲出门外，沐浴着春雨。雨啊，一滴滴洗净了疲劳和污秽，带走了风尘与喧闹，留给我一片安静的世界，让我在雨中付出，在雨中收获！

期中·诲

不知近日状态如何，却整日盼望着好成绩……不过我已渐渐发现，没有努力的汗水，浇不出成功的果实。

——题记

两日的期中考试，终于在昨日落下帷幕，可谓是有人欢喜有人忧。欢喜的考试优胜，信心满满；忧伤的科目失利，垂头丧气。真不知道我会属于哪一类？

早晨，教室里静悄悄的，似乎连空气都凝固了——大家都静候着分数的到来。

门被拉开了，周老师略有怒气地冲了进来，满脸的纹路使劲地皱成一团，向四周张望着。当发下试卷的时候，看到自己的分数，我的心情顿时像挂上了沉重的铁球，一点一点地垂下去，垂下去……我觉得这回真的惨了，“A”级的目标也变得缥缈了，像是一座小岛，渐行渐远，最后消失在灰暗的烟雾之中……

我沉默了，真不知有什么比这更悲伤的事了。这失误……不如说是失败，不仅击破了我美好的心愿，还暗示我前半学期努力的破灭，这是令人不愿相信的事实。难道我没有该责备自己的地方吗？有！多得是。我曾在上课认真发言吗？没有。我曾在下课仔细纠错吗？没有。我曾为较弱的学科付出更多的努力吗？没有。我曾在学习的道路上挥洒更多的汗水吗？也没有……于是乎，一种莫名的惊恐和懊悔笼上心头，我尽力不使自己被心中的洪流所吞没，尽管心已四处漂泊。

也许是想找些安慰吧，待到下课，我毅然走出了门。

我走着，毫无目的地走着，六神无主般走着。一路上谩骂着“可耻”的数学，并开始躲避老师的目光……

可这究竟是无用的，那失去的分数和事件，终将一去不复返，不可能用泪水来挽回。我像是意识到了什么，脚步悄悄地挪动了方向，向教室走回去。

我不能放弃！不能。

期中既意味着上半学期的结束，也意味着下半学期的开启，我还有机会。期中既是一次考验，也是一次全面的复习，只有经历了考试的洗礼，才能巩固已学的知识，把更多的时间和精力，用于新学的征程。

十年炼一剑，百年为一战，相信只有在春风中播下成长的种子，用努力的汗水不断地滋润，才能在有生之年，结出真正成功的果实。而这一过程是漫长的，几日，几月，几年……也许只能等到终末之时，才能收获艳丽和甜美，但这一结果显然不重要了。

扳开了笔盖，我要重新动手；系好了鞋带，我要开始征程。让希望之种在这一刻种入，让成功在期末绽放！我有这个时间，我有这个机会，我更有这个信心。

期中啊，深深的教诲啊！我要牢记你的教诲，牢记自己的希望和梦想。我要亲笔写下，自己更绚丽的新的一页。

风雨飘摇的日子

置身于晴朗的清空，无时无刻地享受着阳光和雨露。但不能忘却，那些风雨飘摇的日子，那双悲伤的脚印，那片湿透的枕巾……

——题记

心儿永远向往着暖阳，现在却常是风雨，一切都是瞬息，一切都将过去，而那过去了的，都将成为永恒的追忆。

江南的雨季，霖霖无期。雨季的心灵，颤颤如绳。失落的昨日，无缘抚平。悲哀的阴影，一浪一浪地涌起，冲刷着受伤的心灵。不言放弃，执著向前。风雨的背后究竟是彩虹，还是更黑暗的深渊？

由于身体等一系列的原因，期中的前期，我的状态不断地下降，一天不如一天，犹如窗外渐渐败落的油菜花……于是，暴风雨的前夕，便拉开了序幕。

于是，一种怪异的生活开始了。

早晨的日光很是黯淡，给人一种昏昏欲睡的倦意。食堂的饭菜却像猪食一般地堆着，发出恶臭。我的餐桌上空荡荡的，没有同学愿意和我拼桌。朋友开始与我疏远，“敌人”开始对我发难，日复一日的作业和补弱开始把我拖累……呵，好“奇妙”而“和谐”的生活呀！我不住地想，像是与“荒唐”开着玩笑。

在风雨飘摇中，只向往“温暖的港湾”，而这“港湾”，如今却变成我痛苦的源泉了。

回家，似乎也成了一件难事，也是我最不愿意干的事了。因为成绩好时，家是一片洁净的天空；而一旦变差了呢，家也可以是冰凉的牢狱。所以我是不能“奢望”重现家中一如既往的温暖、和睦了。在我的印象里，温暖只不过是“痛苦”的利息，先给你一份期待，再泼你一盆冷水，在惊恐间给你一个强烈的对比，让你忧心忡忡，惆怅无比……

门外，风雨停了，阳光代替雨滴撒向大地。

屋外的风雨停了，而我内心的风雨也停了吗？望着炫目的阳光，我不禁如此想。

至少，在风雨飘摇的日子里，我学会了静心，学会了专注，学会了坚持不懈，学会了抱诚守真；至少，在风雨飘摇的日子里，我曾坚挺着走过，曾固执地坚信：生命的一切成长，都需要风雨飘摇！

改变一点点

漫步在人生的小道，似乎厌倦了日复一日的风景。改变，这个发自内心的迫切愿望，这个充满神奇与幻想的变化，在每个人心中扎下了深深的根。

期末的钟声回荡在校园中，再没有足够放松脚步的时间了。偶尔。在拥挤的饭堂里、空阔的小道上，仍能发现闲暇的身影，多半是勾着肩，搭着背，慢吞吞地走着，他们似乎并未察觉时间的紧迫。

夏至的热气消散在霖霖细雨里，再没那么热啦。可在安静的教室，却还有大功率的空调、电扇呼呼作响，整日闹哄哄地开着，却不曾有人来把它关掉。

确实，这些问题在生活中容易被我们所忽视，但是，只要我们用心去改变那么细微的一点点，整个事件甚至整个人生都将为我们所改变。

加快追赶时间的脚步，关上不必要的空调、电扇看似多么微不足道，其实正是一种新的改变、一种良好的习惯的养成，关系命运的转折。

在生活中，在困苦中，在不知名的磨难中，如果我们能改变一点点，胜不骄，败不馁；如果我们能改变一点点，坚持不懈，奋发向上；如果我们能改变一点点，雄鹰般不屈，磐石般坚毅；如果我们能改变一点点，树立坚定的梦想，勇敢地扬帆起航……

改变从心开始，是热血的每一次涌动，心潮的每一次澎湃。

回　家

我匆忙地走在家乡的小路上。

发梢夹杂着暮色，萧瑟的寒风从身后默默地赶上我，从手指间无声地穿越我。

快到了吧？我急切地想着。远远地，望见一缕缕炊烟从弯弯的“小烟囱”冒出来——那甜暖的香，再远，也能点亮我的眼睛和脸庞。

快到家吧！我的心强烈地呼唤着——在外求学了六天，我竟如此地期盼着回到一星期前作别的家。

风蒙蔽了我的双眼，家在我眼前摇晃不定、模糊不清，我死命地跑着，死死地抓住那迷茫的家的影子，只为使风不划走那一片安宁的天地——家。

许久，一幢灰粉色排屋在我眼前渐渐展开。青瓦绿叶，光亮的灯，摆着整整齐齐的红色地毯，紫色的风铃在门框随风摇晃……一切都那么熟悉，那么平和，那么勾起我的美好回忆，那么井井有条，像我走出家门的样子……

屋里响起了熟悉的说话声，啊，那细润又唠唠叨叨的话语是母亲的……那沉厚的声音正是父亲的语气。我越发激动地想。

“爸爸妈妈，我回来了！”我大声又兴奋地喊着。“来了，来了”，熟悉的声音越来越近…… “吱”，门打开了，露出了妈妈慈祥的面容，我终于按捺不住喜悦、激动的心情，向前扑去，与妈妈抱在一起。她奋力想抱起我——只是我已经比她高半个头了。

班级里的斗蛋大赛

在我的家乡有个风俗，立夏要吃蛋。我们班决定在这天举行一次“斗蛋比赛”，每个同学都准备了自己的斗蛋。

我给我的斗蛋起名叫“金刚一号”，个头滚圆滚圆，像一只粉色的小球，是我精心选来的，可硬了。突然，有人喊道：“初赛就要开始了，请各位参赛选手选好自己的对手，准备开战！”我兴奋极了，心怦怦直跳。一旁的王兴扬大摇大摆地走了过来，趾高气扬地对我说：“小子，我们来比一比吧，不要哭鼻子哟！”我不屑地回答道：“切，谁怕谁？谁输谁赢还不一定呢！”我把自己的“金刚一号”小心翼翼地放在桌面上，王兴扬也亮出了他的“齐天大圣”。还什么“齐天大圣”呢？我看就那么一只破蛋……我心里想。

哨声一吹，我和兴扬几乎同时出手，两只蛋都使劲往中间撞，两个回合下来，“齐天大圣”率先败下阵来。“你一定施了什么小把戏吧！我们再来比一次！”王兴扬有点不服气地说。“比就再比一次，”我说道，“来吧！”王兴扬拿出了他的王牌——“铁甲神蛋”。这家伙哪里挑来这么大的蛋呀！望着那又大又圆的“铁甲神蛋”，我的手心冒了冷汗。“哼哼，怕了吧！”王兴扬得意地说道。话不多说，我赶紧找了个有利位置，在王兴扬放入蛋之后，努力往下一转。

“金刚一号”便像陀螺一般旋转起来，一下子把“铁甲神蛋”撞飞了。望着王兴扬伤心出局，我感到非常得意，“哈哈，谁再和我斗？”我笑道。“我！”一个声音传来。

半决赛开始了，貌不惊人的苏翔的“老好人”居然把我的“金刚一号”打败了，我的心情一下子跌到了谷底。

决赛开始了，对阵双方是张茹和何泽浩。“呀，怎么和一个女生比，这太没挑战性了吧！”何泽浩略带讽刺地说。张茹说：“别太小看人，我一定能击败你。”“顽皮蛋”和“闪电一号”撞在了一起。戏剧性的一幕发生了，因为转得过猛，“顽皮”的蛋白和蛋黄溅了张茹一身，“啊！我的裙子！”张茹叫起来，一旁的何泽浩也只好拿纸“赔罪”。

斗蛋大赛终于落幕了，“斗蛋”被同学们一个个吃掉了，大家都品尝到了一种独特的滋味。

心中的蟹爪兰

隔壁老郑伯伯家的蟹爪兰开了，从仙人掌般的茎部尖端处，萌生出一簇簇鲜红的花朵儿来，如一团团熊熊燃烧的火苗……

老郑伯伯也笑得合不拢嘴，他每日都提着小水壶在庭院里转悠，为他的“宝贝”浇浇水，顺便仔细地观赏一番。“呀，花儿开得真美呀！”他每每由衷地赞叹道。

可他不知道，同他一起欣赏花的人可不止他一个人。每当我放学回家时，我也经常情不自禁地趴在围墙上，看夕阳的余晖把花瓣儿镀成金黄，从金黄中又透出淡淡的红色……顿时，我觉得疲倦的心灵像被圣水洗礼了一番，涌动着一种沁人心脾的温暖和一种不可名状的羡慕。

久而久之，似乎连老郑伯伯也看出了端倪。

有一天清早，他把我叫了过去。“喏，我这盆子里已经埋下了蟹爪兰的种子，只要你细心照顾，也会长出美丽的蟹爪兰。”他笑呵呵地对我说。我吃惊地捂着嘴，匆忙谢过老郑伯伯，急忙往家里跑。

我也像老郑伯伯一样细心照料它。松土、浇水、施肥，日复一日的辛勤“劳作”，也使我过了一把园丁瘾，体会着一种发自内心的欢愉，也期待着能够看到蟹爪兰盛放的那一天……不经意间发现，一小片嫩叶已悄然冒出头来。

可不幸的事接踵而来，一日，天空中黑乎乎的一片，不久便下起了倾盆大雨。豆大的雨点露出了狰狞的面孔，恶狠狠地敲打在蟹爪兰的嫩叶上，同时敲打在我的心头，我曾不止一次地发誓要冲进雨幕中把它捧回，但雨水又挡住了我的去路……

第二天清晨，我怀着侥幸的心理，拉开了窗帘，刹那间，我的心碎了——昨日的风雨已经把花盆吹倒在草坪上，湿漉漉的泥土已经倾倒出了大半，我那最珍爱的芽儿已经不见了踪影。

我失声痛哭起来，瘫坐在破损的花盆处，久久不愿离开。老郑伯伯面对那一片狼藉的景象，眉头时展时蹙，像是在做什么艰难的决定似的……

又是那一天，那让我心碎的一天，又让我永远铭记的一天。我失落地走在回家的路上，黄昏下的身影被拉得那么的细长，显得那么凄凉。

“妈、爸，我回来了。”我走入庭院，不经意地朝花盆方向看了看。那盆子似乎被人扶正了，上面像燃着赤焰——那是盛放的蟹爪兰。我惊喜万分，揉了揉眼，想冲上去抱抱那花。惊喜之余，一种疑惑也开始笼罩在我的心头……

第二天，我敲开了老郑伯伯家的大门，伯伯不在，我飞一般地冲入了庭院，那曾经盛开蟹爪兰的地方空空荡荡的，我立刻像是明白了什么——老郑伯伯用他视为珍宝的花卉为我达成了梦想……

我有一种想哭的冲动，我的耳边又响起了他的话语：“小孩子的梦想也是梦想，要去尊重他们，也要学会用温暖去帮助他们。蟹爪兰还有一个花语：温暖与梦想。用梦想来引领孩子们的航程，用温暖来安抚孩子们脆弱的心灵，那么他们也会如蟹爪兰一样，绽放出自己绚丽的花朵。”

黑夜已经悄悄降临了，我却不觉寒冷，因为我的心已经变得温暖；我却不觉失望，因为我的瞳孔中盛满梦想；我却不觉黑暗，因为有那么一簇火红的蟹爪兰，在不知名的角落，静静地燃烧着，倾泻着无比的光明与温暖……

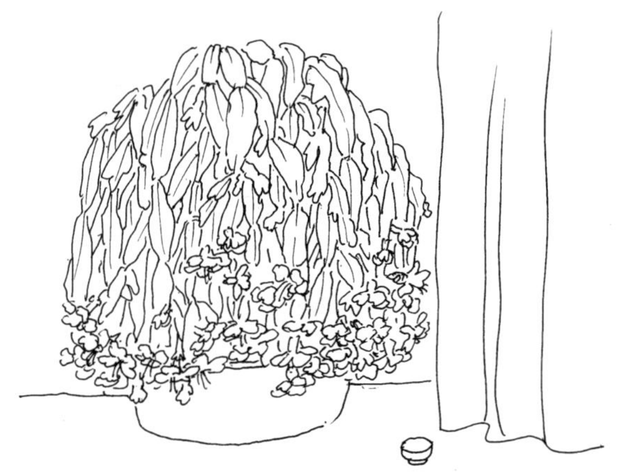

第四辑

遐想·理想·梦想

微笑的力量

一个温暖的微笑，有神奇的力量，能帮助他人克服困难、超越自我。

从我记事起，微笑就已经在我的身边。

一次，我不小心摔了一跤，手掌上流血了，我立刻大哭大闹起来，想让妈妈扶我起来。可是妈妈没过来，只是远远地冲我微笑。不知是什么原因，我用力站了起来，心中充满了喜悦。

上幼儿园时，我正在玩具桥上玩耍，突然一个跟头栽了下来，撞到地上头破血流。老师急忙微笑着把我送去医务室，不知不觉中，我竟然不哭不闹了。

上小学后，微笑发挥了更大的作用。

“老师的一个微笑能换黄金万两。”这是我常说的一句话。一次，我做错了事，老师却朝我微微一笑：“下次改正就好了嘛！”使我又充满信心。

我逐渐长大，有了翻天覆地的变化，我对自己充满了信心，遇到困难也决不退缩，迎难而上，克服困难，把鼓励传给每一个人，让每一个人都有做好的决心。这些，都得益于一个个真诚温暖的微笑。

我的另一片天空

忽记起多日没见到太阳了，偶一抬头，依然是乌云密布、大雨倾盆，天色在烟囱的遮蔽下更阴暗了一些。

幸好，我不必为此纠心、烦恼。因为在另一片天空中，总是晴朗无云，思绪的翅膀可以带着我在其间自由飞翔。

能承载我理想的另一片天空，便是那雪白的格纸。而描绘理想的，则是神奇的笔头。

一丝丝笔墨的流逝，那是时光的消逝；一张张格纸的堆积，那是记忆的证明。从小我就爱写作，爱把思绪的跳跃留下。也从小许下心愿，长大要做个出名的作家。可成长的响铃敲碎了童真的痴想，毕竟现实与梦想的差距就是这么大，因此，我放弃了作文的训练，种子就陷入沉睡，不再萌发……但我至少还可以把它视为爱好，自爱自写，也没什么不好。于是，一片碧蓝的天空，悄然在我心中显现。

常常会小有情调地选一个阳光充沛的角落坐下，拿起一张纸，静静地写，阳光照在笔尖、纸上，洒落一片光辉，我也轻轻跟着那光线，一头扎进属于自己的那一片天空了。

这些思绪和文字如同一朵朵云彩，随心所欲地编织成了一片纯净而又多彩的天空。在这里，我幻化成鸟，翱翔在阳光下，扑腾在云朵间，一直守候着美好的境界，不曾忘却。毕竟这里平静、安逸、悠闲、惬意，岁月静好，庭院无惊，这里是我理想的天地。快乐时，便用阳光勾勒美景；失落时，也用绿草添上希望；思考时，用知识涂抹翅膀；悲伤时，用雨点充当泪水。我经常畅游在这片天空中，冬去春来，花落花开，庆幸这些年有写作陪我度过。我早已不再期望长大能当什么作家，我只企盼，能做好那一片天空下的作家，用神奇的笔，描绘出喜怒哀乐、春夏秋冬……这些，就是写作的神奇；这里，就是我的天地！

我的理想我不曾遗忘，埋下心中的种子才有发芽的希望，这里是我理想起飞的天空，我能够尽情翱翔。拿起笔杆便觉得有了力量，摊开格纸便觉得有了希望，付出多少从不在乎，只为在天空中自由地成长……

那里，有我的世界；那里，有我的故事；那里，有我的理想；那里，是我展翅飞翔的地方……我的另一片天空！

醒

睁开迷蒙的双眼，我醒了。沉梦已悄然离去，带走了昨日的光阴，带来了一条从未涉足的小路。新的旅程又将开始。寒冰，在渐渐消融，在温暖面前，垂下了冰冷的面孔。生命，在渐渐苏醒，在早春的召唤下，绽放出绿色的嫩芽。沉寂的大地又多了几分生机和活力，醒来的世界呵，充满了新的希望。

醒的歌谣，唤起了千山万水。雪水下，泛起了星星的绿草；高山上，挺起了黄黄的油菜。豌豆花变成了肥绿的嫩荚，行道树披上了新发的绿装，就连那弱不禁风的桃花，也鼓起了粉红的花苞，倾吐着淡淡的春的气息。醒来的世界呵，带来了新的生机。

在冬天沉睡的心灵，也被悄然唤醒。积蓄已久的力量终于爆发了，伴随着一颗火热的心投入到学习、工作中，去探索，去发现，去创新！怀揣着对未来的憧憬和期盼，一齐突破严冬的封锁，奔向温暖的春天！

醒来吧，春天正向你招手；醒来吧，朝学海扬帆起航；醒来吧，迈出人生关键的一步；醒来吧，跨进成功的殿堂！

人是为活而醒，更是为希望而醒。为了希望而活着的人，才是真正的人！我似乎从中得到了鼓舞，一跃而起，落入无尽的春光中……

流　年

在时光的走廊里徘徊，已经十三个春秋了！走出了金色童年，跨出了欢笑小学。只怨它流得太快了吧？可谁也不能阻止它的渐渐离去。

“盛年不重来，一日难再晨”，回望走过的十三年，不知流失了多少岁月。就像一滴滴水滴，滴进无边的时间海洋，留下的是蓦然的悲凉与迷茫。

“一日之际在于晨”，虽时常背诵这名言，却不知真正做到了没有。晨曦总是在清晨的天空冉冉升起，撒下道道金鞭，催促着人们睁开朦胧的眼睛，投入新的工作、学习。但此时，我是否还要在床上不明不白地发着呆？是否嚷着要再睡一会儿懒觉？是否还在爸妈来叫时，不肯动身，白白地让时间在床上悄悄地流去？吃完早饭，匆匆走进书房，已经是九点多了。

虽说“书山有路勤为径，学海无涯苦作舟”，可在一些可以用较短时间完成的作业上，空耗大量的时间，也是不值得的。“难题先不做，先做较简单的题目，最后再来攻克难题。”脑海中时常浮现出老师的谆谆教导，可总也“跳”不过去。那一道道难题犹如一座座小山，挡住了我的思路，刚要跳过，却又于心不忍。这时候的难题，

像是一个凶恶的魔鬼，狞笑着："哈哈，大笨蛋！连这么简单的题目也不会，真是太笨了！"我也每次都会中了它的诡计，以时间为代价，与难题作拼搏，当做得"山穷水尽"之时，时间也叹息着离开了。

在教室的时候，时间在书本上跳过；在寝室的时候，时间在床被上跨过；在犹豫的时候，时间在痴痴的眼前溜去……发觉了，便想追上它，可转眼间它就消失在时光的走廊，留下的只有无声的叹息和失望了。

想起空洞洞的作业和不断逝去的时光，我不禁加快了学习的步伐。

初 春

时光飞快地走着，在日历上留下深深的烙印，大地迎来了温暖的春天。

“野火烧不尽，春风吹又生。”踏着一条幽幽小径，闻着大自然的芬芳清香，我走到了一片“草地”。说草地又不像草地，因为它没有夏天时的茂盛，只是露一点点的嫩芽。别看它们小，能在还有些冷的早春长出来的植物还真没几个！我低头抚摸着这些顽强的小草，心中多了几分坚毅。

“碧玉妆成一树高，万条垂下绿丝绦。”路边长着一棵高大的柳树，新长出的嫩条托着几个还未开放的“花苞”，一阵微风吹过，树条伴着风轻轻摇摆，“沙沙”作响，犹如绿色的旋律。

不远处有一个湖，春风化去了浮冰，带来了生机。一阵风过，湖面泛起了一片涟漪，在水面回荡……忽然，春雨来了，几串雨珠落进水里，“嘀嗒，嘀嗒”溅起一朵朵水花。雨越下越大，湖亭成了我避雨的好地方，我满心感谢着这美丽的春天……

雨渐渐小了，终于消失在天空中。乌云慢慢退去，蓝天又露出了笑脸。

我又踏上了回家的路……

走着走着，突然脚底碰到了什么东西，我一个趔趄差点摔倒，奇怪了，我来的时候什么也没有，怎么回来时会碰到呢？我满怀疑惑地低头一看，原来是春笋啊！它竟能在如此短的时间里冲出地面来！我不禁对这棵春笋充满了敬意。

在这个春天里，又有多少人能有这些可贵的精神呢？

江南第一家
POLO R.L. & Co
NAVAL TAILORS P.R.L. Co
NAUTICAL

春 意

恰似一声布谷，鸣翠了千门万户。漫长的雨季后，春天终于露出了久违的笑颜，把含蓄了几月的温暖，重献给霖霖的大地。

在这个春天，有成功的欢笑，也有失利的悲伤；有鲜花的艳丽，也有落叶的凄凉。我们马上迎来期中，他们即将步入考场……

往年的春日，没有波涛起伏，宛如一潭湖水，回荡着平静和亮明。鸟儿的脆鸣回响在耳畔，垂柳的长鞭挥舞在头顶。还有那五颜六色的风筝，自由地飘荡在空中，牵着细细的长绳，短短的棒，拉着飞快的转轮，顽皮地跑……沐浴着耀阳，轻拂着和风。我们像赶集似的，跑入春天的怀抱。用明亮的眼，观察春的奥妙；用灵巧的手，勾勒春的轮廓；用敏灵的耳，聆听春的歌谣；用纯洁的心，定格春的美丽。我们在那里，在那绚丽的春天里，在那童年的相册里，在那一去不复返的时光里，在那永恒铭记的记忆里……我仿佛又随之沉寂，这沉寂的绝非是快乐，笼着淡淡的哀伤。

一时风声四起，敲打着半闭的门窗。思绪又回到眼前，一桌，一椅，一破笔而已。我还能再想什么呢？莫过于用笔写写作业，看些读不懂的书。彷徨间，像是望见朱自清的影子，只觉时间匆匆流逝，吓得我赶忙动笔。

春天，也应是在勤恳的汗水中度过的。

没有播种，哪来的丰收？只有一个痴心妄想的人，躺在树荫下，却等着上门的兔子——那便是我。临近期中，我还曾一度放松，不以为意。谁知在数学上吃了大亏，不仅成绩没上去，还落下了几分。当时我还抱有侥幸，想以几天的时间，来弥补几星期的缺失……但我后来发现，这已经是不可能的了。我曾一度告诫自己，要认真听课，好好复习。之前我太天真了，自以为时间很空，可以慢慢复习，哪知杂事繁多，到了最后几天，也还没复习多少，只得又无奈地叹息了。

春，是万物蓬勃的季节；春，更是播种希望的沃土。一切都从这苏醒，转瞬又踏入轮回。

听春说，我还有加快脚步的时间。

那一刻，真令我回味

轻轻敲开记忆的陈旧的木门，仔细地摸索着每一片尘封的感动和惊喜……呵，找到了，轻轻拂去一层幽灰的时光烟尘，我翻开了，那令人回味的扉页。

思绪终于翩翩落在了梦寐的故土。

我悄悄地拉开了“花园”的小门，加入了这春意盎然的会场。你看，那精神抖擞的绿叶，正向你敬礼；你瞧，那含苞欲放的花朵里，不知酝酿了多少仙露琼浆；你望，那沉淀着绿色的藤蔓，不知啥时起，又攀上了去年枯死的枝条，把顽强的“定根”，扎进坚硬的铁漆……我摘下一片新叶，感觉握住了一片绿色；我捡起一块石头，似乎听到了春雷轰隆；我挖起一把泥土，好像闻到了春天的气息；我掘出一根竹笋，犹如抱住了生命的真谛！

门又被“吱”的一声拉开了，跑进了几个活泼可爱的孩子。他们一个个兴奋极了：有的张开了小嘴，拼命呼吸着新鲜的空气；有的扯下了一枝嫩条，独自把玩；还有的在草地上追来闹去，你拍一下我，我拍一下你，玩得不亦乐乎，仿佛也融入到这绿色的美景中去了。忽然，不知从哪飞来了一只蝴蝶，停在了一株野草上。这可高兴坏了那群孩子，一个个都跑着、叫着地去抓。哪知蝴蝶一飞，

便飞跃出了“花园”，他们也跟着冲出了小门……

也许春色在孩子们眼中，就是这样活跃、天真的吧，我望着他们离去的身影，心里泛起了一片波涛，久久不能平息。

或许春天在人们的心中，已经不再是曾经那么活泼、绚烂了，但我今天又看见了这么一群天真活泼的“寻找春天”的孩子，心里也总算有了少许安慰。

在那真实的春天中，我流连忘返。我曾细细剪下，那油绿的春天的画册，并珍藏在心中，回味出它的温暖和童真。

夏之心

夏，像是个活泼的孩子跑来了，只不过是吹着不细腻的柔风，拉拢的却是赤热的小手。

这确乎是一个不寻常的季节，无春之温和、秋之金华、冬之期望，却燃烧着熊熊烈火和雄心壮志。松柏，长出了深绿；孩子，褪去了稚嫩。有人奔走，有人泪别，有人奋进走出人生之路，有人挥笔写下盛夏之约。

夏，也许常被文人所遗弃，只因焦躁和几分鲜毒的烈阳。但我却要歌颂，只因他的奔放，他的不羁，他的灿阳，他的热意，他的坚毅不屈的心！

阳光落在安逸的小道，踏上几朵斑斓的脚印。花儿沐浴着这光芒，舒展着，多么惬意；低着头的小草，又有多么深沉的思考。嗡嗡的蜜蜂和五彩的斑蝶，竟闲不住这份安定与美好，扑着殷勤的翅膀，要把这份夏意传向远方……

远方，偶尔传来明晰的哨声，像是冲锋的号角。我知道那是无情的开考声，催促着莘莘学子开始命运的博弈。又有谁会胜利？又有谁又会悲伤？又不知谁会画着十字，默默地祈祷。但我知晓，这是人生的要道，两年后，我们也将要踏进，这永恒的战场。难以忘

却的以往，就要了结；激动人心的未来，也将在这起航。在这，有友好的同学，敬爱的老师；在这，有浓浓的初夏；在这，有生命之花悄然绽放……

这个夏季，凝聚了太多的希望，承载着太多的梦想。像一张无边的大网，结起信念，挂起征帆，架起一座通往未来的大桥，我在这头，成功的彼岸，在那头。

让我们以一颗平常心去对待它吧，去用旺盛的活力，书写属于自己的夏天；去用不羁的热情，挥洒五彩缤纷的夏天；去用雄心壮志，铸起辉煌灿烂的夏天；去用永恒的梦与真挚的爱，创造非凡人生的夏天！

夏之心，饱含着热烈的激情，在这枝繁叶茂之际，超越了空间，飞越了时间，在那美好的情怀中，与我们相会……

秋之色

秋天带着一身金黄，迈着轻盈的脚步，悄悄来到了人间。我和妈妈都很喜欢秋天。

秋天像个害羞的小姑娘，总是躲躲藏藏，我们仔细地找啊找啊，不知不觉地来到了田野上。眼前的景象让我惊呆了。

秋光绚丽，金风送爽。如海的高粱举起火把，无边的大豆摇响铜铃。这一切仿佛都是秋天的杰作。

我们来到了一片番薯地。绿绿的叶子盖住了地面。爸爸顺藤摸瓜，三下两下就挖出了两块又红又大的蕃薯。

我们又来到一片甘蔗地。红红的甘蔗又粗又壮，笔直地站立着，像卫士守卫着田野，在风中发出唰唰的声音。

秋天，黄澄澄的稻穗垂着沉甸甸穗头，棉桃像小树，绽开了鸡蛋似的花絮。呵，不是稻田，是黄金的大海；不是棉田，是白银的世界。

啊，秋天多么美好。

秋之趣

“月落乌啼霜满天，江枫渔火对愁眠。”我在深秋里，细细回味，努力寻找着那一份深秋的寒意。

清晨，朝阳升起来了，把深秋的天空照得异常明亮。色彩斑斓的野花妆点了山坡，在阳光下，更加绚丽。风吹动枫树的树冠，沙沙作响。一片枫叶脱开了枝头，随风悠悠荡荡地飘荡。在它生命的最后旅程中，给这个世界留下了多么美好的形象！

我抬头望着天空，天是那么的蓝，是那么的一尘不染，雪白雪白的云朵，跳着轻盈的舞姿；日光是那么明媚，令人感到惬意；蓟草飞上飞下，似乎是被秋风熏醉了。

深秋的田野是一望无际的金色海洋，空气中到处弥漫着芳香。

田野里是一片丰收的景象：梯田里是火红的高粱、金黄的大豆；山坡上是熟透的大红枣、小灯笼似的大柿子。农民伯伯脸上挂满喜悦的神情，呵，今年又是个好收成。

小溪在田野中穿过，“叮咚叮咚”地欢笑，闪动着粼粼的水光，就好似千万只明亮的眼睛，都凝神于秋天山野的秀色。

啊！秋天太美了！我找到了那份深秋，那份收获的喜悦。看啊！秋天在向我招手，在新一年里，我要种下希望的种子……

秋之野

又是一个愉快的周末，踏着轻快的脚步，我们来到了秋天的田野，闻着花香，寻找深秋气息。

走在幽幽的小径，我们走上一座高坡，眼前的视野开阔了，露出了碧绿的一望无际的水葫芦。“大熊”快乐地奔跑，突然像发现什么似的冲过去，扑通！“汪汪！”水面上像开了花，原来它把成片的水葫芦当作了草坪。

在池塘边，蒲公英种子被风吹起，在天空中回旋、飘扬，落在我的手心。我轻轻地吹了口气，目送它飘向远方。

“吱喳，吱喳，吱喳……”是谁在演奏美妙的音乐？远远近近，响成一片……呀！是“虫子演奏队”！在一片树丛中，蟋蟀、蝈蝈、油葫芦，一声声，一阵阵，组成了一部宏大的深秋交响乐。

远处，南山下，树叶一丛深一丛浅，绚烂的深秋把金色和紫色掺杂在依然鲜明的剩余的淡绿里，仿佛是日光融成了点滴，落在茂密的树丛里。

阳光在稀疏的树叶间撒下来，照在我们的头上，我们才发觉已到中午。我在田野与秋惜别，心还沉浸在美丽的秋野中。

秋之获

秋姑娘披着金黄的围裙，带着一身金黄，悄悄地献上了收获之季。

秋风的脚印踏满了城市、乡下，小巷、田野。送走了一片清新，带来了一股芬芳。

寻着那芬芳，一路走去，走进了一片果园。顿时，挤满眼眶的是压弯了枝头的果实。那一颗颗，还是一个个？不知道是像桃，还是像李？摘下一个放进嘴里，先是一阵酸，后是一股浓甜。呀！是名副其实的桃形李呀！我惊喜万分。“小伙子，来帮忙摘几个吧！”一位果农笑着对我说。收获之秋洋溢在果园当中。

踏着那“脚印”，一路寻来，走入了一片田野。金黄的稻子弯着腰，问着好；火红的高粱挺着身，道着谢。那一片望不到边的稻田，已经不是普通的稻田了，而是一片金黄而又富有生机的海洋呀！“咔咔咔”的割稻声在田野间此起彼伏，“呼呼呼”的打稻声若隐若现。那一簇簇的稻谷，用手轻轻地碰上一碰，便“哗啦啦”地撒下一点。仔细观察那“未脱衣”的米粒宝宝，鼓鼓的，粒粒饱满，被稻壳包着，犹如一个个躺在摇篮里的胖娃娃。远远望去，秋风在田野上吹奏着收获之曲，各种成熟的农作物也应和着。收获之秋奔跑在田野上。

伴着秋天的收获，我们穿越了果园田野，领略了深深的收获之情。而在城市里，却有另外的风情。

城市的孩子们，早就穿上了厚衣，伴随着秋风，在收获之秋尽情地游戏；城市的大人们，趁着一年中最舒适、安闲的季节尽情地享受。

但愿在收获之秋，我们能收获快乐和理想，以及来年的期望。

秋之韵

当秋天来临的时候，大地披上了金黄的外套，树木落下了枯黄的“树衣”。秋风一日凉过一日。那往篱边牵延的毛豆种子，已露出枯黄的颜色来；白色的小野菊，一丛丛由草堆里攒出头来；还有小朵的黄花在凉劲的秋风里打抖颤，这一些景象，最容易勾起人们的秋思。

故乡的秋，总是那么令人迷恋。

道路、庭院边，都种满了香气扑鼻的桂花。那金黄的桂花，一丛缀着一丛，像金黄的宝石簇，让人百看不厌；摘下一朵，放在鼻子边，一股清新的香气沁人心脾，让人神清气爽；折下一丛，嚼进嘴巴里，让人回味无穷，有一种故乡的滋味。秋思在芬芳的桂花香中。

校园的秋，格外地欢乐安逸。

秋风吹黄了碧叶，使其脱离枝丫，像蝴蝶一般翩翩落下。此时，我们就会踏上这金黄的地毯，想像自己是国王，慢慢地从王宫的地毯上走过……天是那样地蓝，日光是那样地明媚，蓟草在操场的草地上飞上飞下，似乎是被秋风熏醉了。炎热只剩下余威，毕竟使人感到气爽惬意了。此刻，我们必会在操场的草地上停留一会儿，躺在“草床”

上，望着初秋的天空……秋思在同学的欢笑声中。

田野里，秋意更浓了。

无边的田野成了一望无际的金色海洋，空气里到处弥漫着一股芳香。那稻子笑弯了腰，这苹果涨红了脸。忙不自顾的农民伯伯们放下吃饱稻谷的镰刀，又忙着摘苹果去了。秋思在农民伯伯的笑颜上。

在不经意的忽略里，我到底踏落了几分秋思？

秋之思

时光不停地向前流去，转眼间，凉爽赶跑了火热，霜叶取代了红花，秋风吹散了蝉声……秋天带着一身金黄，迈着轻盈的脚步，悄悄地来到了人间。

几乎是在一夜之间，就增添了几分浓浓的秋意。晨光带着几分寒意，照耀着沉睡的大地。那几枝含苞欲放的秋菊，沾着露珠，随风摇曳，大概是刚刚被秋风唤醒了吧，朦胧地睁开眼睛，送来秋的祝福。

略微泛红的枫叶，伴着秋风，打着旋儿，翩翩落下，为大地披上了金黄的衣裳。在它们即将进入泥土的时候，我加入了这短暂而别有深意的仪式。“来年再见，来年再见！”它们相约着，它们欢笑着，愉快地结束了它们最后的旅程，留下的是清新，也是来年的期望。

回想故乡，真是“洛阳城里见秋风，欲作家书意万重”啊！想必今年故乡的田园里，必定是瓜香果脆啊！

田园里，秋光绚丽，金风送爽，如海的高粱举起火把，无边的大豆摇响铜铃。青苹果在树上绽红了笑脸，稻子在田里鞠弯了腰。那秋天的笑颜写在农民伯伯的脸上，写在孩子的眼睛里，更写在每一个人的心里。

秋夜，格外宁静，凉风吹走了多余的喧闹，显得非常安逸、祥和。皓月像银盘一般悬挂在万里无云的夜空中，带着一丝寒意与思念的月光把池塘照得波光粼粼。星星啊，你告诉我，在这花好月圆的秋天，我怎样才能和故乡的伙伴们、爸爸妈妈一起，坐在院子里看月亮呢？

星星仿佛明白了我的心愿，躲进云里去了。难道就无法和他们团聚吗？在这陌生的校园，就只有星星和月亮与我相伴了。

“人有悲欢离合，月有阴晴圆缺，此事古难全。”我不禁想起苏轼的《水调歌头》，心里有一种说不出的滋味。

有些美好的时光，也许我们从不懂得珍惜，但当它一去不复返的时候，我们才会不由自主地感叹：“啊，原来从前是那么美好！”但是，此时时光已离你而去了。

站在清秋的冷月里，我感受到了寒秋之意……

秋之梦

秋末，黄色仍然占据着主导的位置，染黄了的枯叶随风飘下，我拾起一片，仿佛是浸透了的、深黄色的梦。

不知为何，最近我感到很累，真的很累——这不仅是学习的负担，还有精神上的压力。我自金华外国语学校转到这儿，已经快三个月了吧，虽早有思想准备，但面对日复一日如山般的作业，似乎也是有些“后悔”罢。暂且不说这些，期中考试将至，我又何曾准备好呢？

不情愿地放下手中的试卷，我想去外边走走。淡红色的暮霭，笼罩住一片宁静；在校园的一角，又飘落下几片枯叶。我拾起一片，仔细看，像是把扇子似的。我不禁抬起头，向后看去，在我的身后伫立着一棵银杏树，枝丫上一半光秃秃，一半还郁郁葱葱。

这零星的绿，只怕还是要凋谢的吧，我轻轻叹了口气。我走近了，想要好好地去观赏一番。突然，我发现那光秃秃的树枝上，似乎有点点的新绿。我揉了揉眼睛，那点点新绿犹在，我跳上护栏，小心翼翼地摘下几片。那确乎是叶子，虽然长得很小。我有点诧异了，那小叶子仿佛在说：“我不怕寒冬，我不怕凛冽，我要在冬天生存，我要在冬天长叶！”可是，银杏树为什么偏在冬天还要长叶呢？我凝视着银杏树，思考了很久。

是呀，人生的挫折和困苦都像寒冷的冬天，我们不能像软弱的小草，被寒风轻易地消灭；我们要像银杏一样，在冬天生存，在冬天长叶，在冬天成长！

那些作业和考试又算些什么呢，它们只是冬天的开始，要想获取最后的成功，就必须去跨过它们、超越它们、战胜它们啊！想到这儿，我解脱了，无尽的思绪在落叶中翻转、升华。这就是林清玄先生所谓的“清欢”吗？我终于寻到了。

夜幕悄悄罩上了，寒月如纱，映着天边的暗星。人生在世，本该如此。我笑轻风，轻风去……

袭　风

冬季来临了，不停地蹂躏着瑟瑟发抖的大地，仿佛要用冰霜来吞没它似的。今年的冬天来得那么突然，又那么必然——昨天还阳光灿烂，今日却寒风呼啸。不过想起已入冬几天，心里才总算得到了几分安慰。

刚一下楼，就与这寒风撞了个满怀，感到很不自在。那么冷的天，加上凛冽的寒风，真叫人受不了。路上的同学少了，晨跑的人也几乎消失了，只望见食堂、教室里人头攒动。我又忍不住打了个寒战，那寒风仿佛在向我示威，我顶着那一股强力，搓着快要冻僵的手，迈着颤抖的脚，往温暖的教室走去……

对比此时的环境，教室真算是个宝地。关上门和窗，教室就成了漂泊在冰洋中的一艘温暖的船，坚挺不倒。趁着这舒适、宽松的时刻，我便伏在窗前，抹了抹内壁的“雾”，观察起冬风肆虐下的世界了。

寒风狞笑着，穿过一片片树林，摇撼着树干。一些老树挺不住，被卷去了余留的残叶，赤裸的灰色的树枝也像被寒风控制了似的，胡乱地摇来晃去。这令寒风更得意了，它穿过残枝落叶，在光秃秃的树梢上发出令人毛骨悚然的笑声。枯草黄叶被风吹上去，又抛下来，像一支黑色的柱子风，弄得沙尘满天飞扬，黄尘蒙蒙。

寒风狞笑着，掠过远处的湖畔，激起了一圈圈涟漪，犹如一幅抖动的碧缎。我猜，就连鱼儿也会被冻僵吧，因为那天、那风实在太冷了。

没有回过神来，寒风竟来找我了。窗户突然猛烈地摇动起来，好像有人想从外面进来似的。我一下惊起，死命地撑住窗子，脖子处冲进了几阵寒风，仿佛在用它冰冷的舌头，舔着我的身子。我惊慌地用力顶回了窗户，使它刚伸进来的舌头和手缩了回去。忽然大风一停，我却没有丝毫察觉，连人一起撞在了墙上——它临走前还不忘给我开了个玩笑，我终于松了一口气。

午后，风力小了少许，但风势没有多大减退。中午的阳光终于来到了，只要有了这一丝温暖又光明的阳光，萧萧寒风何所惧?

午　后

日影在地平线上渐渐西斜了，转眼到了午后。虽没有了炎热，光辉依旧不减，只是由亮得刺眼的白色变成金黄色了。或许有人爱恋朝阳，或许有人歌颂晚霞，但我偏偏爱这一刻，并时常沉醉于午后的这份宁静和祥和。

在这深秋的午后，镜子般的水面反射着黄色的光。连依偎在岸边的杨柳和野草，也陶醉似的弯着腰，给水面投下微微倾斜的阴影。霜草、枯叶和光秃秃的树枝，被金黄的太阳染着，像是披上了一层金漆，空气中充满了甜醉的气息。

午后的田野显得格外惬意。徐徐的醉风吹落了几片无力的枯叶，似几只蝴蝶，扑着脆弱的翅膀，悄无声息地落在了杂草丛里。田里偶尔有孤寂的虫鸣，也许也被陶醉了吧，倒添加了几分令人舒适的平静。远远地看，远处小山坡的树叶像换上了衣裳，一丛深一丛浅，绿叶点点映着黄叶，黄叶淡淡衬着红叶，三种颜色高高低低地混着、掺着，犹如一幅色彩鲜明的水彩画，久久凝望，仿佛置身其中，忘我地享受着自然而又莫名的快乐与满足。

午后的天幕总是那样的蓝。偶然抬头，只见几朵薄云掠空，结伴着遨游天际，像是蓝缎上洁白的花纹。痴想间，发现云不停地变换着形状，有时变成一只嗷嗷待哺的小羊，有时幻作几头威猛的狮子，有时就像是几根大大的棒棒糖……令人浮想翩翩，留恋其中了……

午后的一切都那样生机勃勃。花朵吸足了露，满足地张开了鲜艳的“大嘴”，受不住烈日的蝴蝶也成群地在花丛中舞蹈、吸蜜；可爱的孩子们，最喜欢在这凉爽、怡人的时刻出来嬉戏打闹，他们使足了劲，在田野上飞奔，仿佛是要跑进这生机勃勃的午后，跑进这属于他们的午后。

有几个孩子走过来，每人都捧着一些石头干草。忽然看见我，停下了脚步，互相小声地议论着：“他怎么站在那儿，一动不动，不有点奇怪吗？”“怎么会有城里的人到这儿看风景呢？”他们百思不得其解。最后，一个年长一点的孩子走过来问我：“你这是在干什么呢？”“我……我在看午后。”我还未从午后的世界中脱出身来。“真是个怪人！”他们嘀咕着，又作一行归去了。独留我在午后的世界中，却不知远方炊烟袅升，暮色降临……

我真不知道，我究竟在干什么，只有那思绪的片段与艳红的晚霞告诉我，这三个小时发生了什么事。我也不敢相信，我竟然一个人，独游午后的世界，整整三个钟头，带回了一心的快乐与满足，也带回了一片暮霭。

暮 色

傍晚，我独自守在窗前享受这安静的时刻，“夕阳无限好，只是近黄昏”，我思绪万千。于是带上门，走向野外。

夕阳西下，淡红色的晚霞涌现出来，堆着微笑照亮了城郊恬静的黄昏。孩子们一个个奔跑在路上，追赶着太阳，“太阳，太阳，你别走啊！”天真纯洁的童声。

大地像被铺满了金子。马路上的车变金色了，田野里的稻谷变金色了，孩子的脸上像贴满了金苹果。

夕阳似乎突然地在地平线上断裂了，无声无息地消失，对面的山口上，只留一道血红。大雁从这天空“人”字飞过，像是在和夕阳作最后告别。

太阳落山了，燃烧着的晚霞也黯淡下来，终于熄火了，苍苍的暮色笼罩着山林。昏暗的暮霭，渐渐低压下来，天地缝合了，无边无际的麦田由碧绿变成了湛蓝和暗灰。

“啪”一声，我的眼前一亮，这是路灯的光芒，我这才注意到一轮明月已经挂上了天空。

我回头往家走，带回了一片月色。

暮　行

“向晚意不适，驱车登古原。夕阳无限好，只是近黄昏。”

我真的有点儿“意不适”，也“驱车”出游，骑到了一条幽径。

幽径很是安宁、幽深，我像是找到了一块心灵的栖息地。冬日的暖阳，倾泻在常青藤上，落下脚印般的细影。老柏树枯瘦的影子，像在水泥路白色的画板上涂上了浓厚的一横，孤寂中显出雄壮，苍茫中透出温暖。

从幽深处走出，眼前是归鸟、夕阳、忙碌的人们，为我们描绘了一幅年关生活画。家家户户都在为新年做准备：在那错落有致的小屋里，几盏灯笼喜庆地挂上了；趁着天色正好，把那些陈旧的家具抬出来晾晒；剪好的几张剪纸画，抹了抹胶水，“啪”的一声贴在玻璃窗上。人们都是如此地忙碌，又略有收获，我也颇有所感呢。

其实生活就是生活，成功也好，挫折也罢，都是我们的记忆，我们的财富。它们构成了我们每一天的生活，不同的生活，缤纷的生活……我们应该好好珍惜它，不能只有等失去什么，才去珍惜它。这样我们会发现，其实每一天都是那么有趣，那么可爱。

黄　昏

眼看着西边天上的晚霞渐渐地消退，黄昏在松涛和晚风中渐渐地隐去，广阔的天幕上挂上了最初的几颗星星，树木间晃动着最早的几只蝙蝠。寒月在寂寥而暗昏的天际间，害羞地躲躲藏藏……

黄昏是多么绚烂，又多么短暂啊！

回想六年前，刚刚迈着稚嫩步伐的我，在爸爸妈妈的带领下，走进了小学的大门，开始了新的学习生活……忘不了伙伴们天真的欢笑，忘不了老师们真心的教导，忘不了成功时自信的喊叫，忘不了失败时懊悔的泪水。那美好的回忆，就像一串珍珠链，短小而精致，耐人寻味。

晚风习习，吹着黄昏的落叶，打着卷儿，划过我的耳边。我悄悄拾起落叶，把它放进手心里，放进黄昏淡淡的晚霞里，那淡绿的叶面碰上黄色，就像刷上了一层薄薄的油漆，略显得苍老了，我的心仿佛也进入了那“苍老”的叶片，跟着那留着黄昏印记的汁液，流过细窄的叶脉，流向叶尖的远方。

黄昏的池塘也显得格外美丽。

黄昏，昏暗的光线洒在池塘上，像许多“金针银线”，随着水波晃动着。连依偎在岸边的水草，也情不自禁地跟着跳起舞来。在微风轻拂的岸边，我不由得坐了下来，望着一圈圈从对岸荡过来的波纹，仿佛自己也在向前移动，移动向黄昏的“湖心”。

处身苍茫无际的大地上，短暂的黄昏拥有不短暂的精神和精彩，而我们的人生何尝不是如此，黄昏复黄昏，一年复一年，只有在流逝不息的黄昏里，抓住一丝一毫的光阴，才能创造出未来的绚烂。

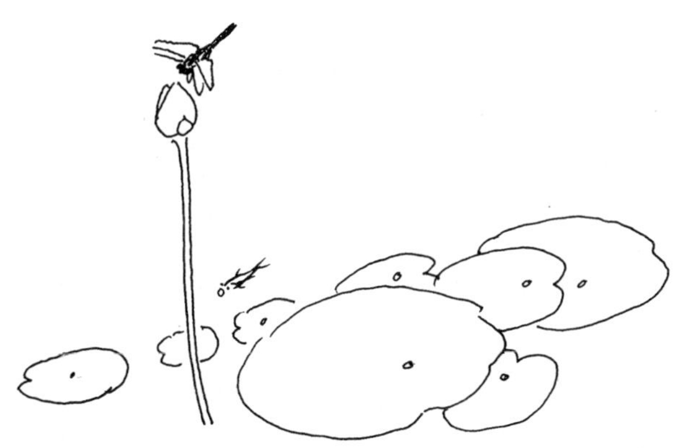

黄昏独韵

在母亲的催促下，我不情愿地走出家门，离开舒适的空调居室，投入温热的夏天的怀抱。

正当日暮时分，阳光把一天当中最璀璨的金黄光线折射向大地，树上、地上、房顶上，都似镀了一层金辉，独游其间，仿佛置身于一片黄金的世界，每一丝光线都像有着独特的韵味。

转过拐角，我被天边的景象深深地震惊了，只见在被电线互相分割、被房屋彼此遮掩的“四角天空”中，由远而近，被映成不同的颜色，蓝色、白色、红色……我抬起手，一层层地细数，瞳孔中的三色演绎着一种令人难以置信的美，似浓妆艳抹，又淡雅纯朴。

我满怀着一份热切的激动，快速地绕过那令人深感厌恶的房屋与电线，来到了一片理想的开阔地。只见霞光似飞流而下的瀑布，从天边的这头挂到那头，密密地倾泻着，冲淡着天空和落日的界限。又是那三种光亮的色彩，不过显得更壮丽了——蓝得深邃，白得显目，红得耀眼，恰似一幅颇具风格的油墨画，但又恐怕这世界上，没有人能如此大胆、如此动人、如此完美地挥墨，而没有任何的瑕疵。

望着天边的归鸟远去，望着仙华山顶淡淡的晚霞渐渐消散，望着暮色四合而渐渐吞没的原野大地，我知道，黄昏已悄然而去了。这回我才真正切身体会到，那难言的黄昏美。“不识庐山真面目，只缘身在此山中。”只有当我真正徜徉其间时，我才明白了大自然的壮阔、黄昏独特的韵味、此刻复杂的心情。

只是，人生能有多少个此刻，能有多少个日落时分，又能有多少次驻足痴望呢？也许转瞬之间，皆是沧海桑田，亦是物是人非。我明白，许多逝去的美好都是我无法挽回的，就让年少和青春的记忆在我生命里更长久地驻足吧！镀着最后一缕夕阳余晖的大雁啊，请别带走我的感动。我知道，明天的太阳是崭新的！

今夜无月

今夜无月，没有月光留下的光亮的影子，也没有虫鸟叽叽喳喳的叫鸣声，一切都显得寂静。

远远地，街灯亮了，透过树叶，只留下一点的光耀，像碧天里的星星一般，清澈、纯净，看不出一丝杂质。我紧紧地盯住那小小的圆点，圆点突然明朗起来，四周的景物却变得模糊，像中国水墨画一般混沌。渐渐地，周围的一切都消失了，独留我与那颗星星在一起，星星在浩瀚的宇宙支起一盏明亮的灯，诉说着无穷的奥秘。

我问光："你从哪里来，又到哪里去？" 回答是那份光辉："我从黑暗处来，走向光明的所在。"

轻轻地，树枝摇曳，一阵清风穿过发丝，带来一丝的清凉，像母亲的手一般，细腻、柔和，似感不到一点的狂躁。我用两手小心地托起那软软的清风，那阵风忽然变得开朗起来，然而我的身体又是那样的轻盈，缓缓地，周围的一切都离我而去，只有那阵清风在，我像一只小鸟，被它带上了天空，大大小小的房屋和车辆都像蝼蚁般出现在我的脚下，我的家却不知在何方，只怕是在那灯火阑珊处。

我问风："你想做什么，为什么会和我相遇？" 回答是那股风声："我愿吹散人间所有的阴云，相遇是那轮回的机缘。"

眼前的景物又回到了眼前，依然是一个没有月亮的夜晚，但我的心境却如同那一轮明月一般，空明澄澈。

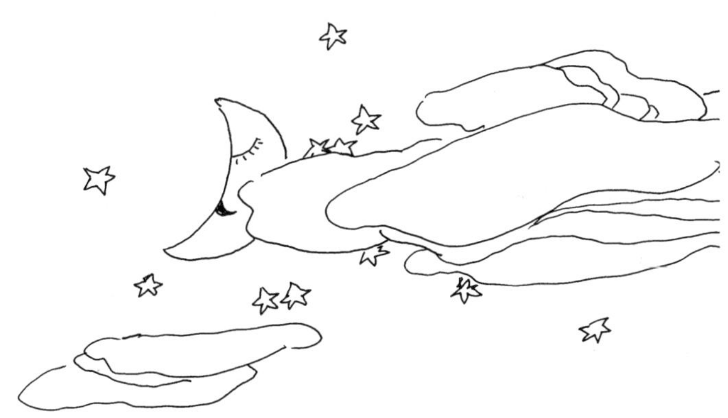

灯　塔

孤零零的灯塔坐落在孤零零的小岛上，孤零零的小岛坐落在孤零零的大海上。

古老的灯塔早已脱去洁白的外衣，连那曾经光泽的砖瓦也已散落一地。那破碎的塔壁，又是谁的“功劳”呢？呼啸的海风和咆哮的浪潮就是简单的回答。

夕阳在海面沉沉落落，时光已经远去，唯有你如旧。但从你深厚的“皱纹”中，我知道你年老了。坐在你的块块碎瓦上，聆听着海浪永无止境的咆哮和敲打，你是放弃继续坚守这海岛、和海浪拼搏了吗？在你的皮肤上，除了时光的烙印外，不也留下了海浪侵蚀、岁月悠悠的印记么？当落日的晚霞和无边的大海衬托着海岛，我知晓了你的渺小和伟大。

早晨，朦胧的雾笼罩了整个海岛，岛上的山啊、树啊、溪啊都像披上了银白的披风。一切都像是沉睡在乳白色的牛乳之中。可灯塔没有沉睡，它不像从前那样明亮了，但还在不停地放着光，照亮舰船远行的路，照亮晓晨还未划破的黑暗。

秋风带着冬天的气息袭来，在秋风里，望着灯塔，心里感慨万千。

青　竹

故乡的清晨，总是那么的宁静，那么的纯洁，那么的美丽。老家屋后的小山坡上，挺立着一排青竹。清晨的阳光照在碧绿的青竹上，晶莹明亮的露珠闪烁着，显得生机勃勃，那竹身闪射着碧绿的光泽，绿莹莹的光环萦绕着整个竹林。

走进竹林，就像走进了“世外桃源”，阳光透过竹叶洒落一片片光斑，风儿穿过竹竿刮出一阵阵清香，每根青竹似乎都被大自然赋予了生命，“我在成长！”它们嬉笑，“我在成长！”它们歌唱。

每一根青竹都是竹节长叶，竹顶长个，竹鞭长笋，每一节深浅不匀，似乎绿色都被凝固起来了，凝聚在最细的竹节里，凝聚在我的心中。那绿色绿得耀眼，绿得自然，绿得纯真，没有一点儿杂质，让人看了非常的舒服……

呀！竹笋“冒”出来了，我在绿荫处发现了一个又矮又胖的竹笋宝宝。这层层包裹的笋皮下，究竟藏着什么样的宝贝？我拿起小铲子，正要挖，突然间，下雨了。

我跑回屋里，呆呆地望着雨中的竹林。春雨如万条银丝从天上飘下来，屋檐落下一排排水滴，像美丽的珠帘。如在平时，想必我会好好欣赏这美丽的景象，但此时此刻，我担忧的目光却落在竹林

里，落在初生的竹笋上……雨越下越大，在屋瓦上噼啪地响，黄豆般大的雨点落向竹林，我似乎看见竹笋在哭泣……

雨停了，我丢下铲子，向竹林跑去。“啊！”我跌了一跤，回头一看，看到了令我惊奇的一幕：竹笋！绊倒我的竟然是几分钟前矮小的竹笋，现在却长高了许多！

竹笋不仅没有夭折，反而战胜了困难，磨炼了自己，使自己成长了，变得更强壮了！我们的生活中，也会经常遇到困难，但碰上竹笋，我们没有理由言渺小、说卑微，既然竹笋都做到了，我们还有什么理由不去战胜困难、战胜自己呢？

我豁然开朗，迈着欢悦的脚步，向绿荫深处跑去……

FILLED WITH A VARIETY OF COLORS
I LIKE THE TASTE OF SUMMER LOVE
THE AFTERNOON // I FELL ASLEEP
ARE MANY WONDERFUL
THERE ARE CHARMING
COME MY FRIENDS
THIS BEAUTIFUL GARDEN // ENJOY
THIS TIME TOGETHER // ENJOY THE
LAUGHTER AND MUTUAL EXCHANGE
FILLED WITH A VARIETY OF COLORS
I LIKE THE TASTE OF SUMMER // LOVE
THIS TIME TOGETHER
Relax

不息
201

一池绿莲

一个人徘徊在阳光倾泻的小院，独享着这午后的宁静。在那布满青苔的石阶后，一池睡莲开得正艳。

那睡莲是一年前种下去的。记得那天，我和父亲用那陶瓷的小缸，里面填满了河床的淤泥，小心翼翼地埋入莲种，深一脚、浅一脚地抬入池中。过了几月，它们就发出了细细的嫩芽。

可是好景不长，不久后，那荷叶便变得残破了，变得稀疏了，整日无力地垂着头。我们感到十分疑惑不解。我突然发现一个奇怪的现象，我们刚养入的两只巴西龟不见了踪迹，每日阳光大好，却只见荷叶下奇怪的水波和渐渐支离破碎的叶片。我脑海闪过一个想法：乌龟在吃荷叶。我匆忙操起渔网，撑起杆来，往荷叶底下一撒，不久传来一阵骚动，似乎有东西正尽力逃脱。我从头到尾往地上一拽，扯上来的是两只乌龟，张牙舞爪，嘴巴张得老大，里面夹着嫩绿的叶片……

待我把“凶手们”处置后，莲池又恢复了往日的平静，呈现一派生机。

秋去冬来，冬风又像赶尽杀绝般地袭来了，在寒风的咆哮下，睡莲又颤抖着缩起来了，在风中不住打着趔趄。那绿又一点点地消沉下去了，蜷缩的莲叶也显得皱巴巴的，黯淡无光。那断了截的枯杆，孤零零地耷拉在水下，和着寒水和冻冰，悲哀地叹息着往日的荣耀……

不知来年几何才能赏到如此艳丽的绿莲呢？我曾不止一次地企盼着、想望着，心中也早立下誓言：一定要等到春暖花开，再来欣赏她的笑颜。

如今，她竟真又展开在我面前了，又是那么熟悉的笑颜，那么婀娜的舞姿。

四季的风

四季的风变化无常，有时温柔，有时暴躁；有时使人烦躁，有时让人凉爽。

春风又名和风，是一种神奇的风。当她轻拂大地，整个大地就苏醒过来了，冰雪消融。小草伸出了头，随风轻轻摆动；鸟儿回来了，在树上叽叽喳喳地唱着；松鼠伸了伸腰，去摘果实了；青蛙、熊、蛇苏醒了，它们重新开始活动了。在春天的催促下，农民在田里播下了种子，也撒下了新一年的希望；小朋友们都跑出来了，闻着花香，摸着小草，寻找春天的足迹。

夏风又叫熏风，是一种怪脾气的风，给人们带来了炎热。人们都躲进了房子，不肯出来。孩子们都跑到池塘去游泳了，大地到处都是太阳光。

秋风又称金风，是农民伯伯最喜欢的风，因为秋风一来，果实也快要成熟了。秋风给人们带去了凉爽，让人们感到无比的舒服。叶子变成了黄色，纷纷从树上落下来；大地到处都有瓜果香。

冬风又名寒风，是人人都不喜欢的风，它一来，就钻进人们的衣服，给人们寒冷的感觉，所以人们都躲着它。许多动物都进入冬眠状态来躲避寒冷。只有小朋友不怕冷，一下楼就跳来跳去，在雪地里滚来滚去，堆雪人、打雪仗，都是孩子们最喜爱的游戏。小河冻结了，大地铺上了雪白的被子，一切都安静了，大地也休眠了。

这就是我心目中的四季风。你心目中的四季之风又是怎么样的呢?

细雨　和风　初春

天，织起了斜斜的雨帘，在风中缥缈地挂着；风，依然呼呼地响着，只是不再那么凛冽。自立春后，我终于有所感悟——春就要来临了。

似乎一切又要从头开始，不管你怎样不愿意抛弃从前的一切、否认过去的事实。新生的事物总是会掩盖过去的尘土，时光的流逝不经意拂去了尘封的泪痕。初春，是埋葬悲伤的日子；初春，更是播种希望的沃土。

草儿在春光下一丛丛地泛开，铺成浅绿的长毯；柳儿在和风中一条条地长出，挥舞着嫩绿的辫子。野蜂在初开的油菜花丛中飞舞着；蝴蝶在阳光下扑闪着亮丽的翅膀，不知哪儿“布谷”一声，布谷鸟忽然飞上树梢去了……我尽情想象着初春的大地，哪怕外面依然细雨绵绵。

春天的雨是柔和的，像妈妈的指尖，触摸着你的脸蛋。只见春雨在竹枝、竹叶上跳动着，那雨时而直线滑落，时而随风飘洒，留下如烟、如雾、如纱、如丝的倩影。人走着，车开着，门口的灯亮着……这霖霖的雾中，倒还藏着个奇异的世界么！

旧日的枯枝，被卷得无影无踪，只留褪了色的枝干，诉说寒冬

的凄凉。风儿悄悄把它染绿了，让它又萌生了新的芽苞。春风暖和地吹着，道边的野花飘着清芬，轻轻地吹拂着路人的脸颊与发鬓，吹拂着人们的胸襟，温柔地慰抚，犹如慈母的双手。我轻轻倚在树上，春风拂过我的全身，吹去了尘土和学习的辛劳。我感受着，我抚摸着，我体验着……我仿佛置身于暖风的怀抱。

天寒地冻的日子已经过去，成为又一年的回忆；季节的轮回又将开始，化作新一年的期待。过去的一年我久久不忘，迎来新春我开始新的征程……只为能在光阴中，收获一丝甜美的怀念。

晨雨逢春

昨晚下雨了，路面上被水覆盖着，湿湿的，让人不忍心一脚踩下去。真是难得的下雨天！

很久没有呼吸到这么清新的空气了，清新又温暖！当车向前行进的时候，那雨丝像一双双细腻的小手从脸上拂过，留下点点滴滴的清凉，让人感到说不出的愉快和舒畅。

田野里环绕着一片氤氲的水汽，显得十分安静，仿佛能听见树木的呼吸声。本该早起的鸟儿，今天也集体请了假，树丫上空荡荡的，没有一点儿踪迹。我下了车，便沿着一条田间小路往里边走去，小路经雨水的冲洗，很干净，一直绵延至田野深处……

这让我有一种春天般的感觉，虽然还未立春，但这场雨让我真切地感受到了——没有冬天刺骨的寒风，只有温暖的丝雨畅快地舞蹈。我拾起一片树叶，我发现其上有一点晶莹的露珠，那是春天的痕迹；我透过露珠，看到一片绿莹的菜苗，那是春天的痕迹；我抚摸菜苗，我猜想其中有一种独特的生机，那是春天的痕迹。

冬天来了，春天还会远吗？一丝笑颜浮现在我的嘴边。经历了寒冷、死寂的冬天，我们温暖、萌发的春天也必定会来到，我们也要学会大踏步地一路走下去。

想到这儿，我释然了，欢喜的除了我的心，还有脚下“哗哗”的水花。

雨丝飘入路旁房屋紫色的窗棂，一个小女孩儿探出头来，她喃喃道：“难道春天已经到来了吗？”“嗯，的确快到了呢！”我笑着说。

大暴雨

下午最后一节课，天突然暗了下来，乌云越来越密，太阳也躲进乌云里了，遮天盖地。青竹开始摇动，窗户也随着大风一左一右地晃动，地上的尘土被扬起了两丈多高，小垃圾开始在天空飞舞。大暴雨就要来了！

天越来越黑，黑得看不见书本上的字，黑得非得开日光灯不可，黑得让人心慌，空气好像凝固了一样。

突然，一道银色的闪电劈下来，划破天际。接着一声响雷“轰隆”而至，仿佛远方的战鼓，随即下起了大雨——大暴雨来了。

一颗颗豆大的雨点落在地上、窗台上，发出“啪啪”的响声。转眼间，雨珠密集了，好像一个雨帘，从天而降。泥土被打湿了，青竹不停随风狂摇，不时敲打玻璃窗，许多竹叶飘落。

雷声又大起来了，天仿佛要塌了。这时，雨帘又成了瀑帘，霎时冰雹夹着黄豆般的雨珠扎下来，玻璃窗发出“咚咚咚”的响声，好像随时都会破裂。雷公、雷母似乎发怒了，不时发出闪电加响雷的“喀啦”声，有些无处安家的鸟儿被雨鞭打了下来，道路变成了河流，操场变成了水塘，大雨撞击地面的响声变成了音乐交响曲。

大雨慢慢小了，雨珠变回了雨点，细雨断断续续地下着，一切

慢慢地平静下来了。

天终于晴了，太阳赶走了乌云，露出了笑脸，阳光照耀着湿润的土地，鸟儿开始鸣叫，树叶也沙沙作响。

我们兴奋地打开窗。哇！雨后的空气如此清新，雨后的大地如此生机勃勃，雨后的阳光如此灿烂！我们欢乐地奔跑，跳进“水塘”里，像小鱼一样自由自在地嬉戏……

暴雨后的世界，焕然一新！

雨水漫湿心头

“嘀嗒，嘀嗒”，耳边响起一阵雨声，那轻快的旋律多么悦耳。我情不自禁地低下头，侧耳聆听……

从小喜欢雨，喜欢在水花里留下脚印。不论在街道还是湖边，有雨水的地方，常闪过我欢快的身影。

记得一次黄昏，从天上挂下一片雨帘。我兴奋极了，丢了魂似的往楼下跑，冲进接天的“水瀑”。夕阳的余晖，染红了那晶莹的水珠，使其变成了一颗颗闪着红光的宝珠。戏耍在红色的雨间，任凭其湿透了外衣，也毫不足惜。我在雨里，雨在瀑里，瀑在漫天的水帘里。捧起一把把红色的“珍珠”，我忘了自己，忘了世界，只记得那红艳的雨帘，把一颗颗的“珍珠”、“宝石”送向自己、送向大地。

雨给山也蒙上了一层淡淡的面纱，似云似雾，显得山格外妖娆。那山连同那星星点点的绿，也变得文静了许多，隐藏在雨纱中，不肯露头。平日里看厌了的坡啊、峰啊，如今也变了样，有的只露个头，藏了身；有的显了手，没了脚；有的仿佛倒挂在山腰；有的好像翻倒在峡谷；还有的干脆全隐在雾中，彻底消失了……雨给予崇山峻岭神秘的生机和魔力，摆出各种各样奇异的造型，令人惊奇，更令人憧憬。

雨还是一位音乐家，借世间的万物为器，弹奏出优美曲音。你听，雨击打着岩石，敲出锣鼓的声响；你听，雨轻按着竹叶，吹出风笛的翠响；你听，雨弹跳着嫩草，弹出钢琴的曲调；你听，雨划动着树枝，拉出二胡的悠扬……雨以万物弹奏出自然之音、生命之声，正待厌倦了尘土和喧闹的人们仔细轻听、反复回味。

雨啊，洗净了身上的污秽和烦恼，给我创造一片安静的天地。让我在雨中聆听，在雨中思考。

雨后初晴

不必在乎乌云密布，也不必在乎阴雨绵绵。因为，把微笑挂在脸上，把歌谣唱在心中，你就会发现，有一股灿烂的阳光，穿透层层的阴霾，来把你的心田一点一点温暖。

——题记

抬头，天空的颜色是朦胧的，像一匹泛着淡紫色的锦缎，似乎整整一日都没有发生变化，而且四周都是一样的：没有一个地方不是暗沉沉的，但也没有一个地方酝酿着雷雨，只是有的地方挂着浅灰色的帘子，这便是已在扬洒着不易看出的细雨。

我想我此时的心情也是灰蒙蒙的，怕是受了昨天期中考试的影响吧。昨天，我竟在自己最拿手的科学科目上“阴沟里翻了船”，几个填空一错，分数便急转而下，伴随我的心一起沉落谷底。

到吃晚饭的时间了，在度过了浑浑噩噩的一天后，我觉得我的精神快要崩溃了。失去了精神，身体便不怎么听使唤了，我倒夹着一把伞，摇摇晃晃地往校门外走。

在拐角处，我不经意转头，一个细细黑黑的东西勾住了我的眼球——原来是一只蜘蛛。我打小就害怕这东西，长大了便更有种厌恶之情，我想掉头就走。恍然间，一缕细弱的蛛丝从它的尾部吐出，一下子粘上了围墙的铁栏杆。呵，原来它在织网呢！难道它不怕风

雨的侵扰吗？一系列的好奇和疑惑把我迈出的脚步拉回，我开始聚精会神地关注这个卑微的小生灵。

起先，当它吐出的网刚粘上两边时，一阵风便把它的网给吹散了；它第二次辛辛苦苦织了半面，又被风捣了个底朝天；第三次时，一阵雨又干脆把它直接打到了地上……它一次次织起网，又一次次地被摧毁；一次次被风雨吹下来，它又一次次地爬起……终于，在它第七次努力下，一张洁净的新网终于被织了起来，一滴雨露正挂在网上，倒映着天光日影，诉说着不易与艰辛。

刹那间，我顿悟了——也许我也可以像这蜘蛛一样，享受奋斗所带来的乐趣呢！尽管我一次又一次，在拿手好戏上失算，但我还可以如蜘蛛一般，一次又一次地从困境中爬起，总结先前失败的经验教训，转化为进取的动力，然后以乐观的心态去面对，去争取一次真实、自豪的成功。在没有尝试下一次时，千万不能放弃，因为也许下一次就是成功对你招手的那一次！

我激动着，迈动着坚实的脚步，从雨雾中走向晴空，从失败中走向成功，从黑暗中走向光明。

到家了，细雨已经把我浮躁的心灵平息。蜘蛛的经历，让我看到了坚持不懈的力量。种种一切，使我开始着眼于现在，着眼于脚下，着眼于每分每秒中……

“明天还会下雨，记得出门多披件衣服，小心感冒……”父亲拍了拍我肩上的雨滴，关照地说了句。“不，爸爸，明天会是晴天……”我轻轻说道。

虽然在人生的旅途中，难免有风风雨雨，但这些风风雨雨会教会我们坚持，带给我们坦荡，给予我们启迪。

只要你愿意，你心灵的天空，可以每天都晴空万里。

向前走

呆呆地驻立，望着墙上“豪气干云”写下的目标，数着背诵处大大小小的签名，我有所感想了：我是不是每天都向前走了呢?

常走在宽阔的马路上，一路秋景，几丝寒凉。日子就这么一天天地过去、一天天地向前走啊，又何曾停下脚步?像是在那不经意间，十余年的光阴，就被我们抛在身后，悄悄飞走了……想到这儿，想到流年间的过往，想到多多少少有过的患得患失，我凌乱了，不知是该欣喜，欣喜于一切终已云淡风轻；还是要悲伤，悲伤那时光将一去不复返。

不想再去回首，我继续向前走，绵延的人生路，不知何处是尽头。我想，那路上应该布满各种挫折和艰险。我并不惧怕，我还得感谢它们。是呀，困难、挫折、艰险是多么珍贵！如果一切平顺，谁会静下来沉思，谁会生起智慧，谁又能在平凡安逸的日子中超越自我、登上高峰呢?那些困难、挫折是多么慈悲啊，我并未花钱聘雇他们，他们却以宝贵的时间来考验我、提升我，增长了我的智慧，丰富了我的见识，让我能放开大步，自信地向前走。

我释然了，把握好每一天，勇敢地战胜困难，才是真正的“向前走”啊!

向前走，走过寒冷，走过哀伤；向前走，抛下烦恼，埋葬仇恨；向前走，迎来朝霞，迎来光明；向前走，走出绚烂的梦想，自由的蓝天！

用梦想装饰成长

很难说什么是办不到的事情，因为昨天的梦想，可以是今天的希望，并且还可以成为明天的现实——这便是成长了。

——题记

人生来便有了梦想，这梦想或许是五彩缤纷的，或许是卑微的，或许是远大的。怀揣着各自的梦想，我们为之努力，为之奔走，为之忍受，为之付出。那是我们引以为豪的、唯一的信念的支柱。

有人说，童年的梦，是梦中的真，是真中的梦。用缤纷、纯真这两个词来形容童年的梦想，是最恰当不过了。记得小时候，我常躺在草坪上，痴痴地望着深邃的夜空。那浩渺无际的黛色的夜幕上，出现了一颗颗星星，忽明忽暗，像一颗颗宝石，像一粒粒珍珠。渐渐地，满天空都镶满了小星星。它们尽着自己的力量，把点点滴滴的光芒交织在一块儿，不像阳光那么刺眼，也不如月光那么清澈，却是明亮的。“一，二，三，四……”我兴奋地挥舞着小手，仰望着星空细数着，却终因“数不胜数”而被迫中断。这时我常常提起同一个问题：“爸爸，那些星离我们远吗？我能飞上去把他们全摘下来吗？”“不，星星离我们很远很远，远得连光都要跑几十亿年呢！”爸爸总是这样说。打那时起，我便萌发一个梦想——去当宇航员。太空中多美呀！我想要飞到太空中去，亲自去体验一番。

稍大一点儿，我上了小学。各种纸牌、卡片蜂拥而至，那一年我家还装上了电脑。按捺不住好奇心，我便开始接触这些新“玩意儿”。对付这张牌该怎么出，怎么炸；拍手游戏怎么出招，怎么格挡……一时间，我把这些“游戏规则”背得“滚瓜烂熟”，闭着眼睛都能倒着默写出来。慢慢地，简简单单的卡牌、拍手游戏，已勾不起我的兴趣，我便把手偷偷伸向了电脑。上了网，才开始知道什么是“大千世界，无奇不有”，什么是“引人入胜”，什么是“天花乱坠”……渐渐地，什么“红色警戒”，什么“反恐精英”，什么“魔兽争霸”，都成了我的“拿手好戏”。不用说，这一阶段，我的梦想就是成为“一等一”的游戏好手。

时光飞逝，现在的我，早已步入初中的殿堂。作家成了我当前的梦想，于是我在学习之余，大量地阅读名著、散文，勤思多练，初一第一学期就写了两万多字的随笔。

一路走来，边看边玩，是什么力量一直鼓舞着我，引领我一直向前？我想那便是梦想。

梦想是石，敲出星星之火；梦想是火，点亮熄灭的灯；梦想是灯，照亮前行的路；梦想是路，引你走向黎明。

用梦想去装饰成长吧，褪去稚嫩，焕发出无限的生机，用你那份憧憬、那份真挚、那份执著，去书写一个属于你人生的春天。

爱就在身边

爱是什么？在无助时，爱是一双温暖的手；在伤心时，爱是一个温馨的港湾；在困窘时，爱是一剂解难的良方；在迷茫时，爱是一座指引的航标——爱就在我们身边，那一个个美好的瞬间，也许就是爱最真实的见证。

爱在晨曦，如黎明的曙光揭去夜幕的轻纱，吐出灿烂的朝霞。一日清晨，我正匆忙地赶往教室，在楼梯的拐角处，迎面走来了刚下楼的班主任。“郭老师好！”我热情地问候，但明显感到底气不足。“呵，你也好呀……”突然她那慈祥的眼神在我的脸上停住不动了，我想她一定发现了我那小小的黑眼圈。“唉，你昨天晚上又没睡好吧，瞧你那眼睛，都快变成熊猫眼了！”班主任关切的话语中，透出阵阵的心痛。“没什么，只是昨晚落枕了。”我不好意思地笑了笑，晃了晃略显僵硬的脖子。“我给你揉揉吧。”班主任亲切地说。“不……不必了……”容不得我拒绝，一双细腻的手已经伸了过来，像合着节拍的手指在我的脖子上挤压着、跳跃着，我顿时感到一丝丝的舒展与爽快。爱是班主任细腻的手指。

爱在午间，如一轮旭日，送来光芒万丈，温暖我们的心田。午间时分，教室里静悄悄的，连坐班老师也一起进入了迷朦的梦乡。

不知何处起了风，惊醒了一位同学。电风扇正以它的最高时速运转着，不少同学流了鼻涕，瑟瑟发抖。他望了望电风扇，又看了看熟睡的同学，正欲上前关上电风扇，又停住了，似乎想起了什么，轻轻坐下，脱下他的凉鞋，赤着脚，迈着猫步，悄悄关上了电扇。这一切，都被刚醒来的我看在眼里，心中不由滋生出一份爱的感动。在那正午金黄色阳光的照射下，他那弯腰脱鞋的身影仿佛是张照片，永远定格在我的脑海中，挥之不去。

爱在夜晚，如黛色夜幕上的繁星，在黑暗处绽放自己的光彩。煞白的灯光下，屋内悄然氤氲出一股寒冷，在题海中奋战的我，不禁裹了裹父亲为我披上的大衣，打了个哈欠。无意间，我发现坐在身旁的父亲不知何时已没了声响，我转过头去，只见他双手交叉在胸前，两腿自然地舒展向前，就像一个大大的人字，均匀的呼吸声从鼻翼间传出——他已经睡着了。窗外撒进一束幽幽的月光，父亲倚在椅上，显得格外安详。“爸，上床睡觉吧，夜深了，小心冻着。”我说着却不忍惊醒他，他上班辛苦，需要休息。我轻轻放下书，把椅子推到床前，像怀揣什么宝贝似的，“扶”着父亲上床。此时的月光，变得特别皎洁，正如一位父亲与儿子的深情，静静地挥落着。

光阴，不经意地流逝。因为有了爱，年少的时光才会铭记；因为有了爱，青春的雨露才会饱满；每一滴都是美好的景象，每一滴都是温暖的回忆。

爱就在身边，让我们与爱同行。用微笑珍藏曾经，以希望埋葬哀伤，去体会生活中的点点滴滴，去感悟人生中无处不在的爱！

让我们永远谨记这些美好的爱，它使人踏着荆棘，不觉得痛苦；有泪可落，却不是悲伤。

心中有支欢乐的歌

晚年的贝多芬，在苦难与悲哀中写出了不朽的《欢乐颂》。也许欢乐并不是单一的吧，在艰难险阻中，我们的心中依然可以唱响——欢乐之歌。

——题记

仿佛是初夏即将到来，天气如凝固般燥热，正如我此时愤懑的心情。最近的学习压力正压得我喘不过气来——语文上得慢，科学不仔细，英语又没有复习……望着满堆的作业，我无奈地轻叹一声，轻轻地关上了木门。

行走在熟悉的街上，太阳正烤得大地热腾腾的，升起一团团水汽，这愈使我烦躁起来，我开始疾走起来。路过一个小花坛，一股香气带着孩子们的嬉笑声迎面扑来，我不禁放慢了脚步。

花坛里有三个孩子，两个孩子正在玩“躲猫猫”的游戏，小小的身子在草丛中蹿来蹿去，和旁边生机勃勃的景色融为一体，散发出一种无与伦比的可爱来。

孩童们天真的玩耍不禁让我紧绷的神经放松了许多，这让我不禁联想到自己的童年时光——那时也是有个玩伴成天和我一起的。回忆起过往的美好让我心情舒畅了许多，正当我准备离开时，一个稚嫩的童声叫住了我：“哥哥，你能为我摇一会儿摇椅吗？”

我转过头去，发现是那个孤零零坐在角落边摇椅上的女孩在叫我，这种孤独与另两个孩子的欢乐形成了鲜明的对比。“为什么你不去跟同伴玩呢？”我疑惑地问她。她没说话，只是晃了晃腿，其中一只裤管空荡荡的。我顿时惊呆了，鼻子竟有点酸酸的感觉。“别人不和你玩，那哥哥陪你玩会好吗？”“谢谢哥哥！”她的两只黯淡的瞳孔中突然有了那么一种光亮，那么一种激动，那么一种渴望，那么一种欢乐。

在那个永远被铭记的夏天的傍晚，我站在一位残疾的小女孩旁边，轻轻摇着摇椅，小女孩轻声哼着歌，我也聆听着欢乐的旋律，悄悄从心底唱起，浮上耳边，弯起我的笑颜。

许多时候，我们会遭遇人生的冬天，正如我学习的困闷，正如残疾小女孩的孤独，但这阻碍不了心中那支欢乐的歌，当你不屈地坚持、勇敢地拼搏、尝试着改变、以微笑去面对的时候，总会有一种力量、一种精神开始鼓舞你、引导你、驱使你……

唱吧，唱吧！那是一支欢乐之歌、心灵的赞歌。

曾经错过的光阴

燕子去了，有再来的时候；柳叶黄了，有再青的时候。可我珍贵的光阴呢？一旦错过，便再也找不回来了。

——题记

其实人一生会错过很多的事，可大可小，或是一次偶然的相聚，或是一个千载难逢的机会。可最令人不安的，却是最不经意的，那就是分分秒秒的光阴了。

那是在我小学三年级的时候，家里买来了电脑，装上了宽带，期望对我的学习有所帮助。可效果适得其反，我陷入了游戏中不能自拔。上课想，下课想，白天想，甚至做梦也在想玩游戏。只要有机会，不管作业是否完成，游戏成为第一要务。学习热情没了，成绩也越来越差。

记得那是一个初夏的傍晚，阳光减去了些许炎热，余晖把影子拉得老长老长。我厌倦地趴在桌子上，无奈地看着一天没动几笔的作业，堆得老高老高。恍然间，我感觉背后有人正轻轻地拍打我，我转过头去，对上了父亲慈祥的笑颜。“走，去外边转转吧！”他笑着说。

我和父亲，难得这样一起漫步在田野边，自然的美丽和闲适，着实让我急躁、焦虑的心情平和了下来。

我和父亲，走得有些累了，便倚坐在一棵大树下。“你看，”父亲忽然抬头望了望茂盛的枝叶，“这棵树是社区前年种下的，呵，竟已长得如此高大了……”我疑惑地点点头，不知道他想说什么。“你说，假如在它种下的几年内，它不努力地生长，不肯把它的枝叶伸展向天空，不肯把它的根深深地扎入地下深处的话，你猜它会怎么样呢？”“那它大概会死吧。”我低头喃喃道。“是的，树靠茂盛的枝叶进行光合作用来制造养分，靠深入地下的根不断吸取赖以生存的水分，如果缺少了其中一项，它的生命就会终结。”父亲用他的大手抚摸着树干，像会见一位老朋友一样，“看来这树并没有错过该生长的光阴呢！”

刹那间，我听懂了父亲的话，心里顿时变得明朗起来。我在心中理解了父亲的良苦用心。

原来父亲一直在细细地观察我，看我整日碌碌无为，看着我的光阴一点点地消逝，他哪能不痛心呢？我竟一开始没能注意到这点。

树是这样生长，人和树其实是一样的。一个人如果整日碌碌无为，自以为时间还很充足，而不肯去拼搏、去努力、去争取，那么你的时间账单便会快速归零。而光阴，也会离你而去，留给你一个灰色的人生。

相反，如果一个人珍惜身边的每一分、每一秒，把自己的时间充分调用起来，去做一些有意义的事时，那么你与光阴就成了挚友，你的前途也一定会光彩夺目。

我和父亲，手拉手，走在黄昏下，两个人的内心都被霞光染成了金黄色，闪闪发光。

既然无法挽回错过的光阴，那么珍重现在吧。着眼现在，你会发现生活还是如此的精彩。

请带一份欣赏上路

我喜欢这样一个发生在雨天的故事。

初夏的傍晚，我走在稀疏的人流中。风儿夹杂着些许的凉意，吹扬起我的头发，抚摸着我的脸庞，朦胧了我的双眼……落雨了，细密的雨斜织在天空中，在地面上升腾起一圈圈氤氲的水汽来，给这如花似锦的初夏又增添了几分动人的生机。

你看，那嫩绿的柳枝在风中演绎非凡的舞姿，那粉红的睡莲在雨中绽放脱俗的笑颜；在茂密的树丛中，有避雨而叽喳不休的鸟雀；在荡漾的池水旁，有戏水而嘎嘎不止的黄鸭……夏季的一切一切，在雨中很美，很美……

突然，我被什么东西绊了一跤，差点儿仰面摔倒，定神一看，是块巴掌大的石头不偏不正地摆在路中央。我有些恼怒，恼怒它破坏了夏天独特的意韵，也恼怒它打碎了我闲适的心境。我便一脚把它踹到了路边。那块石头真是碍事，我默默地想。

回去时已是暮色降临，沿街的景观都像是上世纪的黑白照片一样，这是雨水和昏暗的杰作。令人感到惊讶的是，在我必经的小道上，已积起一寸高的水，差不多已淹没了我的鞋底，我只得小心翼翼地踮起脚，一点点趟过……到了另一段路，我无法继续走下去了，

正当我急得像热锅上的蚂蚁时，我看见了当初被我踢到路边的石头……当我踏着它，成功越过水洼时，一种莫名的不安和愧疚升起。

的确，当初被我所憎恶的“破石头”，现在竟又成了我得力的“帮手”，这一来一去之间，体现的不正是人类的自私、大自然的无私吗？

我渐渐地发现，每个事物都有其存在的价值，都有其独特的意义。好好地去欣赏一朵花的笑，去感受一场雨的温柔吧。你会发现，无论是那结满黄澄澄果实的大杏树、那瓦片上的青苔，还是那摇曳在四季风雨中的狗尾草，都有自己独特的美。

所以，请带一份欣赏上路吧，你会发现，生活中不经意的事物已幻化作路两旁独特的风景线；你会发现天空是那么晴朗，心境是那么开阔……

随　想

闲暇无事的时候，总爱出去看看。屋里小山般的作业，是盼不出头的。只有田野农舍中清新的空气、和睦的景象能令人感到舒爽和愉快。

是的，蜗居的文学不是真正的文学，文学是一种深厚的内涵，文学更是一种美的感受和体验。

让我们一起去畅游吧，让我们一起去感受每一朵花儿的笑，每一滴雨露的滋润吧！你会发现我们身边的事物，不管是否曾注意到，都是那样和蔼可亲，那样美丽动人，那样回味无穷……

有时我在想，我们仅仅是把写作当成是应试的一个技巧吗？也对，为了夺取那看似骄傲的成绩，我们不断套作、“借鉴”，也诞生了不少“佳作”，但我们有过这样真实的生活吗？我们所勾画着的只是披着虚伪外衣的“美好生活”，总像“世外桃源”般遥不可及、不可触摸，这也是文学最大的悲哀了，折射出一个争名夺利的社会。

发自内心的感受，是真实的，至少相对于现实，是真实的。当一个人不再在意权贵，或全身心投入文学，他写的就会是真实的。

我们需要自己真实的文学！

金狮湖畔

一望无际的碧莲托着几颗晶莹的珍珠，在微风中摇晃着；陈旧不堪的画舫行游在波光粼粼的湖面上，划出了几点碎影……望着那荒废已久的湖畔，我努力回想那些曾经光彩的片段。逝去的时光中，夹杂着许多流连忘返的身影。

小时候最爱干的事，便是遥望那无际的湖面和多彩的画舫。在水天相接的地方，不时驶来高大的客船，发出刺耳的“呜呜”声；桨划船迈着轻快的步子，穿梭在客船间，小巧的桨摇摆着，溅起一阵水花；还有布满花纹的画舫，静静地游荡在湖心处，享受着拂面的清风与多姿的日光。

我常想去玩水，去捉滑滑的青鱼。可妈妈不许我去，说是湖里有妖怪，专捉不听话的小孩，小心被捉了去。虽然妈妈不许我去金狮湖，但我还是常常一个人溜出去玩水。再大一点儿后，妈妈终于取消了“不准去金狮湖”的禁令，只是不能出去太久。于是我便天天跑到湖边，游戏在草丛中，嬉戏在木桥上，玩耍在湖水里……玩得不亦乐乎！经常玩过头，因此受了父母不少批评。但我仍沉醉于此，沉醉在这迷人的金狮湖畔。

岸边不远处，有几幢“失了色”的破房子。那些房子是原先的农机厂搬迁后留下的，因时光的流逝略显破旧了一些。但这白天看似无奇的房子，到晚上却是我们冒险的乐园。约上几个要好的朋友，带上玩具枪，趁着夜色，潜入这“可怕”的房子。我们猫着腰走着，不发出一点儿声音，绕过柱子，躲在了一堵石墙后。我们模仿“打仗”的样子，分兵两路，前头几个充当侦察员，一级一级地沿台阶往上爬，留下几个“战士”，手握着枪，警惕地从石墙边探出头。听到最先头的“侦察兵”吹了两声口哨，我们便一拥而上，跑上顶楼，像是占领了整幢大楼似的，又欢呼着冲下楼去……

晚风带着我的思绪又回到了眼前，夕阳下的金狮湖没有了以前的美丽。难道金狮湖的美丽也随我的童年一起离去了吗？难道童年的金狮湖一去不复返了吗？我一遍遍地问自己，心中久久不能平静。

我的第一本书——金狮湖

虽生在江南，却不曾形容她的模样。两岸的白墙黑瓦、那荡着双桨的乌篷船都已成为过往，我将那遥远的梦境摘下，完成一本难忘的书。

我从小在金狮湖边长大，喜欢在湖边玩耍，踏着清凉的水花，摸着蔓延的青苔，哼着动听的童歌，望望那湖面上星星点点的画舫。我们坐在画舫中，那画舫一点一点地向里“游”去，一时间，阳光撒下的细细点点的碎银，在阵阵涟漪中翻转，连成一片，像闪亮的水晶，像斑斓的宝石，碰到船体又“咣”的一声散开，溅落一片儿。轻风拂过，迎面送来阵阵荷香。远远的，望见一片绿油油的荷叶亭亭玉立在湖面上。那叶面上滚动的水珠，正如一粒粒的明珠，又如碧天里的星星，多么耀眼，多么绚丽。鱼儿争先穿梭其间，不时跃出水面，叶子下便宛然有了一道凝碧的波痕，就更显得风韵了……我们就这么望着、说着、唱着，任船随风飘荡。我躺在妈妈的怀里，妈妈坐在画舫里，画舫在无尽的波纹里，波纹在美丽的湖水里……徜徉在这碧波如画的书卷中，年幼的我体会到了一种别样的快乐和欣喜。

时间像风一般吹过湖面，激荡起一圈圈岁月的波纹。我长大后，有一段时间暂别了故乡，一年多的时间在外求学，在梦中却依旧忆起那段童年的回忆、那本令我流连忘返的“书”。

于是，挑了个月明风清的夜晚，我又回到了湖畔。此时的湖显得格外的寂静，悠悠的月光下，波声犹在；微微的轻风里，波澜不惊。湖水以一种无言的安然，来迎接我这位远方的客人。我拾起一块石头，仿佛触摸到我小时候柔软的小脚；我捧起一鞠清水，仿佛望见了我小时候天真的模样；我聆听一片波声，那仿佛是我小时候动听的歌谣。重温旧梦，那本尘封已久的“书”，终于再次向我徐徐展开了，犹如身临其境，我读到了“鱼戏莲叶间”的欢快，我读到了“潇潇暮雨”的苍茫，我读到了“杨柳岸，晓风残月”的江南之美。

那湖啊，轻而易举地描绘出了江南的美好风光，它是一本记载江南的书，却美得无法用任何语言来形容。我曾在那里驻足，在那里戏耍，在那里遥想……在我不识字前，它教会我很多很多……现在她悄悄合上了——那是属于江南、属于我的第一本书！

桨声灯影里，天犹寒，水犹寒；梦里丝竹唱，山是归根山，水是忘情水。今后无论我漂泊到何处，我永远不会忘，因为你是我的第一本书——金狮湖！

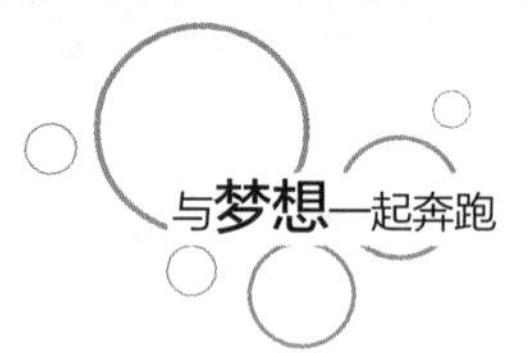

时光沙漏

我渐渐地发现，其实每个人心中都有自己的时光沙漏。它能埋葬痛苦，同时也掩埋了童真与欢乐。

——题记

一日，怀着一种怀旧的心情，我轻轻拉开了尘封已久的床头柜，像是打开了一扇通往童年时光的大门。里面每一件玩具、人偶都有它独特的经历和身世，都沾染了童真的痕迹。在抽屉的一角，有一件我意想不到的物品——一个小小的沙漏。我并不记得，小时候有这样一个玩意儿，于是将其捧在手心里，细心地把玩着。把它头朝下放置后，金黄的沙粒便沿着漏口慢慢地撒下来，不紧不慢地在瓶底堆积起一座小沙丘来。我的目光跟着下漏的沙砾，渐渐变得迷离了。

记得几日前，我去学校对面的博文书店购书，书店很大，人却几乎没有，只有几排书架子上堆满了新书。我和老板说明了来意，便翻找起来，找了半天，却找不到我想要的书。正当我转身准备离开时，一个声音叫住我："呀，我手上这本书，是不是你想要的呀？"我疑惑地回过头去，便对上了那对明亮的眸子。她是一个陌

生人，至少对于当时的我来说。她长着一张稚气的瓜子脸，平坦的前额，红润的双颊，真像一朵初绽的山茶花；那光泽盈盈的眸子恰似花瓣上两颗晶莹的露珠。她含着笑意，单手递上一本书，一看书名，笑容也在我脸上泛开来。“啊，这的确是我要找的书！谢谢你。”“不用谢，郑皓！”我的脸一下子变得错愕起来。我不认识她，她却认得我？她究竟是什么人？我心里想道，但疑问都在那张脸面前凝固了。

“啊，我……我还有些事，先走了……”我嘟囔了一声，像是讲给自己听的，便头也不回地跑出了书店，这根本不是我的风格。事后，那面孔反复在我的脑海中浮现，终于变得熟悉起来，她竟是我小学的同班同学呢！这一切都让我感到不可思议起来，然而现实便是如此，不容争辩。

一切你想不起来的东西，都是被时光所抹去的。流沙下，掩盖了多少美好的回忆啊！却再也挽不回来……

有一个故事你可能很熟悉，两个人走在沙滩上，一个人先是救了另一个人，后因为琐事打了另一个人。但被打的那人先把感谢的话语刻在石头上，把埋怨的话语写在沙滩上。人们很不理解，都来问他，他说：“别人帮助我们，感激永远地保存在我们心中，而其它的怨恨，就让风沙把它们埋葬了吧！”

是啊，漫漫人生路上，有数不清的挫折和烦恼，如果我们整日都生活在仇恨的阴影之中，那生活又有什么意义呢？流沙下，埋藏了多少痛苦的记忆啊！但都已成为过去……

思绪又回到眼前，沙漏已经漏光了，细沙已积起了沙丘，我有些感触了。

每个人心中，都有独一无二的沙漏，时光的沙砾，随着过往而流动。也许多少年后，我们会掩面叹息：时光中又有多少细微，被彻底遗忘了呢？其实不必抱太多的幻想，因为在时光沙漏面前，每个人都是渺小的，每个人的生命只是生命大海中的一滴，一旦滴落便找不到了……它总会埋葬一些悲痛的过去，同时也会掩埋一些曾经拥有的童真和欢乐……

第五辑

我行·我读·我思

塔山公园

塔山公园是一个风景优美、鸟语花香的地方，今天我就当一回导游吧。

我们一走进塔山公园，就会听到一阵阵欢快的鸟鸣声，就会看到在弯弯曲曲的小路边长满了广玉兰树，树上开满了广玉兰花，那广玉兰的一脉脉绿茎上长出一个个花骨朵，鲜嫩嫩、油亮亮的，在阳光的照耀下，就像点点繁星，闪烁着银白色的光芒。

另一边种着好几棵雪松，仿佛是几位高大的战士站立在那里。雪松上偶尔会有一两只松鼠在上面跳来跳去。

塔山公园最著名最雄伟的建筑物要算龙峰塔了，它是宋朝时建造的，距今已有一千多年的历史。它曾经被日军的飞机用炸弹炸掉了塔顶和内部的木梯，至今都还未修复，留下了抗日战争时悲惨的一幕。现在塔共有七层，有六个面，塔四周嵌满了用石头拼起来的图案和花纹，我想它们里面不知埋藏了多少故事。

龙峰塔边上有一棵古老而巨大的香樟树，它那粗壮的腰身，至少需要五个小朋友手拉手才能把它围起来。

塔山公园真的太美丽了，欢迎五湖四海的游客前来参观。

浦江板凳龙

我们浦江历史悠久，传统文化丰富多彩，书画、灯会、人会、剪纸工艺等，都是家喻户晓的。今天我给大家介绍一下浦江有名的板凳龙。

板凳龙从唐朝开始便成了浦江民间的习俗。新中国成立后，尤其是改革开放以后，进一步得到发扬光大。

浦江板凳龙从构造上看，由龙头、龙身、龙尾三部分组成。板凳龙可分为大虾龙、仰天龙、伏地龙……其中最著名的要数仰天龙了，它身子上画着各种各样的人物、动物和植物。这种把剪纸、绘画、体育三者结合起来的舞龙艺术，在同类艺术中实属罕见。它体现了浦江人民的聪明智慧，以及团结合力、奋发开拓的精神面貌。

2006 年 5 月 20 日，浦江板凳龙被列入第一批国家非物质文化遗产名录，我作为浦江人感到十分骄傲和自豪。

龙虎旗

“砰，砰砰！叮，叮叮！”外面怎么这么热闹啊？孩子丢下玩具，在路边左顾右盼；老人放下报纸，在路口东张西望。几乎所有的人都停下了手头的活，纷纷从小区里赶出，在马路上排成一堵“人墙”。

“外面发生什么事了？”我急忙往人群里钻，“叔叔，今天这里在干什么呀？那么多的人！”“哦，今天有旗队经过这里，大家都是来等龙虎旗的！”“龙虎旗？龙虎旗是什么？”“就是印着龙、虎图案的三角大旗啊……”

“砰砰砰！”突然的鼓声打断了我的思绪，两个一晃一晃的红灯笼走进了我们的视野。

龙虎旗来了，打头阵的是两位提灯笼的姑娘，她们羞涩又激动的神情令人难以忘怀；接着走来的是三面大旗，上面分别印着飞龙吐火、虎震山河、双龙戏珠的水墨画和书法，每面旗都由几个大汉抬着，风一吹，巨大的旗面左右摇摆，令人望而生畏。

随后，由几位妇女扛着的长方旗引起了我的注意，这些长方旗上画了中国历史上的杰出人物，如吴用、关羽……这些人物被画得栩栩如生。

最后是由孩子们组成的“彩旗队”，五颜六色的小三角旗在风中翻来覆去，看得人眼花缭乱。

龙虎旗已成为一种永存的民俗文化，我期待着能再次领略它的风采。

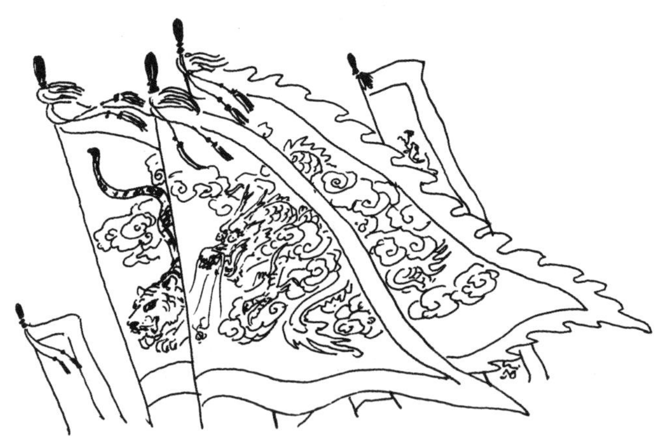

游富春江

温暖的春天是游山玩水的好季节。这不，今天是个晴朗的好天，于是闷得慌的我便缠着爸妈带我去富春江转一转。

经过一个小时的车程，我们终于到达了目的地。一下车，我就被眼前的景物迷住了：这儿的春天正展示出它全部明媚的景色。一团团、一簇簇的杜鹃花，正像万绿丛中一点红，是那样的显眼，那样的惹人喜爱。在那里，一群群蜜蜂在飞舞，飘散着花粉的空气也随着蜜蜂的翅膀轻轻地颤动。肥胖的斑鸠在高高的树丫上鸣叫，小巧的金丝雀也在花间戏舞和歌唱。春水回环，春意弥漫，春树萌芽，春花怒放，鸟儿们都轻快地赞颂着迷人的春景……杜鹃花是温暖的象征，春天的象征，开得早，暖得早，春也来得早。

不久，我们就来到了江边，坐上船游览富春江。

阳光照着平静如镜的富春江，把原来就清澈的江水照得发绿，仿佛是一块碧绿的翡翠，再加上周围五颜六色的花草树木，好像那是一幅巧夺天工的风景画，像刚从童话书中撕下的一页插图！真是“舟行碧波上，人在画中游”。

接着，船到了下一个景点——钓鱼台。

这钓鱼台可不一般，上面有环岛的 62 个钓台。据说当年的东汉高士严子陵隐居在此，用钓鱼打发时光。后人为纪念他，就把钓鱼台取名为严子陵钓鱼台。

岛上有很多水上娱乐项目，我玩了水上自行车，还真过瘾。

快乐的时光很快就过去了，已经是下午 4 点 30 分，我们很快就要回家了。我不情愿地挪动着脚步，恋恋不舍地看着越来越远的富春江。美丽的富春江，再见吧！

参观电视台

浦江电视台台长是我爸爸的老朋友，趁放寒假，爸爸带我去参观电视台。

在台长的带领下，我们参观了电视台的各大制作密室及电视信号发射塔。我们先来到一楼，只见几个工作人员正在几个密室里来回穿梭，另外还有几个工作人员正在操控电脑，原来一楼是专门搞新闻剪辑的。后面还有一个小房间是广告室，是专门用来在节目中穿插广告的。

参观完一楼，我们再来到二楼。二楼是现场直播室，里面有个暗房，主持人就在这里直播节目。告诉你们一个小秘密吧！我原以为主持人是一口才好、记忆力特强的人，其实也未必，原来主持人即使不记也能说得出口。因为主持人的正前方有一块液晶屏幕，台长说，直播的时候，屏幕上就会出现主持人接下来要说的内容。所以直播时，主持人可以一边看一边讲，非常方便。

我们离开二楼，又来到三楼。三楼是广播室，我们收听到的广播节目都是从这里发出的。进入广播室，首先看见了两个话筒和一台调声器，旁边还有两部电话机和一台黑色的机器，听众可以通过打电话的方式同播音员进行交流，而那台黑色的机器是用来选择电话的。

走过天桥，就来到了最后的目的地，电视接收塔。接收塔雄伟高大，高 75 米、宽 3 米。据台长介绍，这座塔建于 1991 年，是用铝合金建成的。台长还跟我说，塔下的小山是浦阳城里的最高点。

由于时间关系，我们参观完就向台长告了别，匆匆离开了。

采访自来水厂

在一个阳光明媚的早晨，一群热情的小记者早早地来到集合点，想起将要到自来水厂采访参观，每个人都显得格外激动。

我们上了车，前往自来水厂。车里一路上都很热闹，过了一会儿车停了，我们下了车，看见一座大房子，上面写着“仙华山水厂一期”的字样，我们的目的地到了。

一进门，一位胖叔叔就迎上来，他就是我们的全程“导游”。他和大家打了个招呼，就带领大家上了金坑岭水库。走上高高的石级，我们终于登上了水厂的第一站——水流发电站。听胖叔叔说，这个发电站不仅可以发电，还可以分流，把一部分水直引到水厂，另一部分水流下去，到二级发电站，再次发电。

继续向前走，走过了一个“铁丝网”，我问：“叔叔，这是过滤池吗？”叔叔说：“这还不是真正的过滤池，只是挡去一些较大的杂物而已，以便后面的过滤。”

这时，人突然多了起来，原来是旧水厂到了。我们加快了步伐，走到一块平地上，眼前的景象让我愣住了，一大片折板蓄水池出现在眼前，大大小小的房子、机械建在下面，从上面往下看，真像游戏中一样，充满荒废气息，叔叔又说：“大家请看周围，这就是

水厂。”不会吧！我正纳闷，他又补充了一句：“这是很久以前建的，现在都不用了，拆也舍不得，留着备用。”

我们沿着石级下去，一座半新的楼房引起了我们的注意，原来这就是化验楼，用来检测水质的。

到此为止，水厂就参观完了。叔叔突然笑起来：“同学们，该让你们开开眼界了。”

叔叔打开新水厂的铁门，里面等候多时的工作人员给我们戴上参观证。

巨大的厂房、新型的机械、大大小小的水池吸引了小记者的眼球，叔叔在一旁介绍，小记者们听得津津有味，手中的笔不觉沙沙作响：加药间是用来加药改变水质的，水泵房用来抽水的，配电房是用来开关电的。

上楼去一看，平台上还有四个池，叔叔说，第一个叫折板絮凝池，第二个叫平流沉淀池，第三个叫V型滤池，第四个叫清水池。制水过程还真复杂！叔叔还说，新的水厂采用了目前国内外较先进的生产工艺和全自动控制设备及程序，实现了生产全自动化，确保饮用水的质量。

最后，我们看了投影，里面主要讲了水厂的起源和作用，怎样安全用水……

不经意间，太阳从脚底爬到了头顶，工作人员都来送别，并赠我们礼品。不过，我感觉身上重的并不是礼品，而是工作人员寄予我们的希望和责任。我相信：在我们的带动下，大家会形成节约用水、科学用水、保护水资源的观念。

游北京

四年级时，一天，妈妈说要带我去北京玩，我听了高兴得手舞足蹈。因为北京是令我向往的地方，到北京去是我一直以来梦寐以求的事。

我盼星星、盼月亮，终于盼到了去北京的那一天。那天，我早早地起了床，本打算叫妈妈起床，谁知妈妈已经在收拾行李了。我们匆匆吃完早饭，跟爸爸道了个别，就随旅游团去机场了。

经过近两个小时的飞行，我们到达了北京国际首都机场。在发动机的停转声中，我们下了飞机，踏上了北京的神圣之旅。

我们先来到天安门广场，只见广场上人山人海、人声鼎沸，其中还有一些金发碧眼的外国人，他们也不远万里来到中国首都游玩。

我们参观了毛主席纪念堂，还去了北海、故宫、圆明园、军事博物馆……

但重点还是长城。俗话说得好：不到长城非好汉。我们来到了雄伟的长城，长城像一条蜿蜒的巨龙躺在崇山峻岭间。

我们开始向前走，过了一个又一个烽火台。中途许多人放弃了。又爬了一个烽火台，连妈妈也不行了，于是我自己一个人向上爬，经过一个个弯道，我终于看见了好汉碑，我胜利了！

五天在不知不觉中过去了，我们依依不舍地离开了北京，踏上了归程。

难忘武义行

“嘟，嘟，嘟！”在一阵汽车喇叭声中，我睁开了朦胧的眼睛，一时不知身在何处，只看到旁边不时有车飞驰而过。耳边突然响起了熟悉的声音：“郑皓，你终于醒了，我们去武义爬山。”我瞧了瞧电子表，显示早上六点整。这是在杭金衢高速公路上的一幕，那天一早，爸妈未经我同意就带我赶往武义啦！

大约七点整，我们赶到了武义，但武义似乎还在沉睡，天空像无边无际的帷幕，有时呈现出令人心旷神怡的蔚蓝色，有时又呈现出牵人思绪的凝重深邃的宝蓝色。

爸爸的朋友热情地招待了我们，早饭后，我们去爬大红岩。

旅游车在盘旋的山路中左拐右转，转得我们都晕了。但考验才刚刚开始。不一会儿，车停了。我们到达了风景区，需要步行而上。到天堂岭有两条路，一条是缓坡，要走很长的路；另一条是陡坡，虽然陡但路很短。我们毅然选择了有挑战性的陡坡。

虽然已有心理准备，但走到陡坡前，我还是被吓了一跳。这陡坡叫“中天梯”，是188级石阶组成，陡度足有75度，旁边只有两根铁链从上面垂下，让人望而生畏。开始爬“上天梯”了，我迈着沉重的脚步艰难地走。走着，走着，感觉这台阶如此的长，时间如此的慢……“叭”一声，我一脚踩空了，惊出了一身冷汗。望望还非常遥远的岭顶，看看已经发抖的小腿，又想想如果掉下去会怎么样……我的心揪在了一起。一步，二步，三步！我呀牙坚持着。快到终点了，我又兴奋起来。忽然，脚下猛一滑，整个身子掉了下去！我急中生智，在把手附近用脚一蹬，手用力一把抓住铁链，这才化险为夷。

终于爬上了岭，阳光照耀着大地，照耀着我们，也在鼓舞着知难而上的精神。

碧波荡漾千岛湖

“坐看千门立青山，远望百帆映碧湖。”来到千岛湖，我不禁这样感叹。是啊！面对千岛湖的美——自然的美，谁又能忍住而不去赞美她呢？就让我们一起踏上思维的快艇，一起来体略那种独特的美。

七月末，本应该是一年最热的几天，但在千岛湖，却感受到凉爽，能不美吗？

千岛湖有 1078 个岛，所以称之为千岛湖；它以三大而闻名天下，一是水域大，二是岛大，三是鱼大。其水域面积相当于新加坡的国土面积呢！

阳光照在波光粼粼的湖面上，像给水面铺上了一层闪闪发光的碎银，又像被揉皱了的碧缎；风儿吹着晶亮的浪花拍打着我们的船舷，演奏着自然的旋律。小船在岛上停下来，我们踏着浅滩往岛上走，欢乐的水花洒了一地。

我们终于来到了眉山岛。坐着缆车向“山顶”出发，一路上各种奇怪的花草和鸟类吸引了我们的眼球。哈，左边一只麻雀有两对足？右边五彩的鸟是鹦鹉吗？缆车逐渐变慢，提醒我离山顶不远了，我马上准备好了下车的动作。登上眉山岛顶，众岛一览无余，导游告诉我们，眉山岛附近的水域下有一座被淹没的千年古城。那下面有什么宝贝啊？怎样下去呢？一连串的疑问伴随着我下了岛。

在后面的行程里，我看见了120多斤的大鱼，拿到了一把几百年的锁，发现了躲在洞穴里的蛇……我这回算长了见识，开了眼界。

六个小时的行程很快就结束了，夕阳映照的湖面似乎蒙上了一层红纱，一种傍晚的寂静开始在千岛湖上弥漫开来……

梦缘海南

清晨的远行

夏日，又是新的一天，火红的朝阳衬着悠悠的云彩，挂在蔚蓝的天空中。按捺不住激动的心情，在上车前，我一定要拍个临行的身影，“啪”，留下了灿烂的记忆。

手里紧紧地握住登机牌，像拿着什么宝贝似的。忐忑的心情与期待交织在一起，不知是惧怕还是欣喜。托运、安检、登机……并没有想象中的复杂，一切都在有条不紊地进行，我的心又渐渐趋于平静了。

伴随着引擎巨大的轰鸣，飞机开始滑翔、起飞，飞机托着我们直上云霄，高大的楼房、繁多的车辆星星点点，渐渐消失不见了。

飞机穿云破雾，开始转向。头顶深蓝的苍穹，脚踏苍茫的云海，我已迷失了方向，不知身在何处。但我知道，在机头指向的方向，在茫茫远方，在那某一片云彩的下面，隐藏着一个美丽的海岛，散发着独有的魅力与芬芳。

三亚的黄昏

我们到三亚时，已是下午时分。没有炎热的坏天气，太阳正渐渐收敛——我们来得正是时候。

踏着欢快的脚步，我们来到了亚龙湾。远远望去，金黄的沙滩绵延不尽，像用金丝织起的萦绕的带子；碧蓝的海洋一望无际，像用玉片砌成的平滑的镜面。人在沙上走着，每一粒沙都是那样的柔滑、那样的细腻，让人忍不住脱了鞋子，尽情徜徉在沙粒的拥抱中。日落了，西方的天空燃烧起一片橘红色的晚霞。大海，也被这霞光染成了红色，但比天空的景色更加壮观。因为它是活跃的，每当一排排波浪涌起的时候，那映照在浪峰上的霞光，又红又亮，简直就像一片片霍霍燃烧着的火焰，闪烁着，翻滚着，平息了。而后面的一排，则又闪烁着，翻滚着，朝岸边涌来……在这美丽的黄昏，我踏着软绵绵的沙滩，沿着海边，慢慢地向前走去。海水轻轻地抚摸着细软的沙滩，温柔地漫湿我的脚趾，发出柔和的“哗哗”声，令人心里说不出的舒畅和愉快。

夜半听潮

夜幕悄然落下，夜的海洋显得神秘而又无限宽广，远处的景致都显得朦朦胧胧、若隐若现。

月，挂上了，像一盏长明不熄的天灯，高高悬挂在点点星光中，它把那皎洁、温柔的银辉洒向大地，使茫茫夜幕染上了暖融融的夜色。那些半明半暗的星，也被照得精神了起来，发出闪闪亮光，像一颗颗熠熠生辉的宝石，镶嵌在黛色的夜幕上。月光、繁星，和那海岸上的盏盏明灯互映在水中，显得那么耀眼，那么令人心旷神怡！

海浪身披着银辉，一波接一波，向岸边奔袭而来，一时间横贯整个海面，像一条条白龙，在海面翻滚着，咆哮着，吞噬一切。

我惊奇地发现，在那海浪波及的沙滩上，矗立着一座小小的“城堡”，小巧而别致，这大概是孩子们白天玩耍的痕迹。细细观赏，这沙堡的正中央，有一个被镂空的四四方方的大洞，想必那是城门；后部突起的被挖了小孔的沙丘，我想应该是宫殿；而那四周隆起的沙壕，嘻，真是城墙啊……走着，走着，突然一脚踩空，落进了水里——还有“护城河”呀！

涨潮了，大海露出了令人害怕的一面。在海风的鼓动下，黑腾腾的海面上突然杀出千匹白骑，向岸边疾驰而来，带着澎湃之力，拍打在沙滩上，溅起层层的浪花。那浪花呀！层层不断，好像一朵朵绽放的水花……

登美女峰

“黄四娘家花满蹊，千朵万朵压枝低。留连戏蝶时时舞，自在娇莺恰恰啼。”从浦江县城出发，从西北方向过隧道，绕山路盘旋而上，便可看见一块奇石立于山峰之上，貌似一位妇女的头像，故名“美女石”，那座山则被称作美女峰。

我们在半山腰停了车，一伙人斗志昂扬地开始艰苦的“长征”。

刚下过雨的美女峰被雨雾所笼罩，那块奇异的石头在雾中若隐若现，显得十分神秘。

没过多久，不擅爬山的我便落在了后面。“来呀！快上来！”一位大伯伯笑着向我伸出了手。“谢谢……”我把手伸过去，但还没等我抓紧，那大手忽一下松开了，吓得我往后倒退了几步。“山路要靠自己走，不要去依靠别人。”那位大伯伯摆了摆手，“我先去了……加油哦！”哼，神气什么！我一定会超过你的……我心里暗暗地想。

到了一片密林处，路变得更难走了，一面是望不到底的悬崖，一面是锋利的巨石，脚下的路只够两只脚并排走过，还泛着泥水，不小心就会打滑。我小心翼翼地走着，一会儿摆标准的“八字步”，一会儿像猿猴一样攀着树干，一会儿尽力向外仰，一会儿拼命向里倾……脱离危险地带时，我松了一口气，谁知一不小心踩上了一块滑石，啪！我来不及做出任何反应，嘴里便灌进了几口泥水，更糟糕的是我的手也被树枝划伤了，撕开了一个大口子，血流如注。一旁的母亲忙上前，为我用纸巾做了简单的包扎。“你爬不上的话……还是算了吧！”她有些担心地说道。我咬了咬牙说：“不，我不能退缩，胜利就在眼前了……”我挣扎起身，一步步颤颤巍巍地往上走。

雨，迷蒙了我的双眼，双脚不住地打滑，有几次险些滑倒。但我始终坚持着，每一个脚印中留下的都是苦涩的汗水和泪水……

快到山顶了，先行者们唱响了山歌，好像在鼓舞着我，我信心倍增，大踏步向前，手脚并用，终于攀上了山顶。

此时，正午的阳光灿烂地撒下来了，落入空旷的山顶，落入每一个人的心中。在场的人都为我竖起了大拇指：“不错！小伙子！不容易啊……”那块奇异的石头就矗立在我的眼前，我爬过去触摸了几番，热泪开始在我的眼眶里打转。刹那间，我觉得我所付出的一切都是值得的。

在场的人们开始放声歌唱：

有一个美丽的传说……
山上有一块真实的石头哩……
只要你有真挚的心愿……
就会得到实现咿……

读《七颗钻石》有感

《七颗钻石》中小女孩找水救母亲，却又把水给了别人的故事表现了三种爱：对动物的爱、互相帮助的爱和舍己为人的大爱。是啊，如果世界上没有爱，该是多么可悲啊！我们做人不仅要对动物、亲人有爱，还要为别人奉献。也许你会问："我们这么小，怎么奉献爱呢？"其实很简单，我们就从身边开始。

帮老师拿一叠作业本，为爸妈洗一次脚，为灾区同胞捐一点钱，给希望小学送一些书……这都是对亲人、别人的一种爱。

而在特殊情况下，爱的力量是巨大的。我听说过一个故事：在洛杉矶发生的一次大地震中，一位年轻的父亲安顿好受伤的妻子，在混乱的人群中奔向孩子的教学楼。往昔充满孩子欢声笑语的三层教学楼已变成一片废墟，父亲大哭一阵后，坚定地跑向废墟，他挖了 12 小时、24 小时、36 小时、38 小时，爱的力量发生了奇迹，当他挖到第 38 小时时，砖瓦下传出了儿子的声音。

所以，爱的力量是巨大的，也能使人感到温暖和甜蜜。

在充满爱的世界里，我们快乐地成长；在明媚的明天，我们将绽放出爱的花朵！

读《环游世界八十天》有感

《环游世界八十天》讲的是一位冷静、正义、执著的法国绅士不惜花费巨资八十天环游世界，历经重重磨难，终于成功，获得了幸福的故事。

我喜欢冷静的主人公福克、忠实的仆人路路通、倒霉的费克斯和美丽的艾尔达。福克是主人公，他从英国伦敦出发，创造了环游世界八十天的世界纪录，还将自己沉着、冷静的品质准确无误地发挥出来！他最终获得的是什么？不是金钱也不是地位，而仅仅是一个真理和一份幸福。

路路通是一个非常老实的仆人，他虽然干了许多傻事，为主人增添了许多的困难，但我依然喜欢他。费克斯虽然一直阻碍福克，还认为福克是罪犯，但最后理解了福克并帮助了他。

读了这本书，我明白了，要认真做好每一件事情，不能半途而废；遇到需要帮助的人我们也要及时伸出我们的援助之手。是啊，如果我们在学习上也有这样的精神，那么考一百分就不会太难，所以我们一定要努力，争取在学习上“八十天环游世界”。

《繁星·春水》读后感

我对冰心，了解得不多，也不知这位优秀的女散文家是如何写出那诚挚深沉、清新典雅的诗篇的。但当我读了她的散文诗《繁星·春水》后，心灵被深深地震撼了，体会到了她发自内心的爱的哲学。

“墙角的花！你孤芳自赏时，天地便小了。”这是冰心在这本书里写到的，表达了作者对人生的思考和感悟，告诫人们应该谦虚，力戒骄傲，防做井底之蛙。

除了对人生的思考、感悟，总的来说，还包括两个方面的内容：一是对母爱和童真的歌颂，二是对大自然的崇拜和歌颂。

“母亲啊！天上的风雨来了，鸟儿躲到它的巢里；心中的风雨来了，我只躲到你的怀里。”呵，多么优美的对母亲的爱的深情颂歌，正是对母爱的深刻的理解，奠定了这两部作品的深沉细腻的感情基调。

与颂扬母爱紧密相连的，便是对童真的珍爱：“万千的天使，要起来歌颂小孩子；小孩子！他那细小的身躯里，含着伟大的灵魂。”在诗人眼里，充满纯真童趣的世界才是人间最美的世界。

“我们都是自然的婴孩，卧在宇宙的摇篮里。”在冰心看来，人

来自自然，归于自然，人与自然应该是和谐一致的。

在冰心的诗集中，爱占了很大的比重。平凡的母爱让冰心感受到了母爱是人生“唯一可靠的避难所”，对童真的歌颂是诗人另一种爱的心情的独白，而大自然则是冰心心灵的栖居之所，是她精神的母亲，爱大自然与母爱一脉相承。

《伊索寓言》读后感

寓言故事是一种古老的文学体裁，它往往简洁地叙述一个故事，最后以一句话画龙点睛地揭示蕴含的道理，篇幅短小而寓意深刻，值得回味。

古希腊寓言是对后世影响最大的古代寓言，伊索寓言则是古希腊寓言中的一颗明珠。

伊索寓言虽篇幅短小，但内容非常丰富。寓言中的角色大多是拟人化的动物，作者借它们形象地表达出某种思想、道德意识或者生活经验，使读者得到相应的教训。这些故事有的教导人们要正直、勤勉；有的劝人不要骄傲，不要说谎；也有的说明办事要按规律，量力而行；还有不少反映了强者虽凶残却常常被团结的弱者战胜等等。

广泛流传的《龟兔赛跑》《狐狸和葡萄》《狼和小羊》等，都是赋予各种各样的动物以人的思想、性格和语言，让它们在故事中像人一样思考、行动、交谈。

由于充分利用了这些动物的特点，使寓言的主题得以非常鲜明地表达出来。由于拟人化，一些动物在长期流传中形成了典型的形象特性，如狐狸的狡猾、狼的凶残、驴的愚蠢、兔子的胆怯等等。

《夏洛的网》读后感

这是个发生在农场里的故事，写的是一只蜘蛛和小猪的故事，写给孩子，也写给大人。的确，夏洛织起的网，不是一张普通的网，而是生命之网、心灵之网、爱的大网！

在朱克曼的谷仓里，快乐地生活着一群动物，其中小猪威尔伯和蜘蛛夏洛建立了最真挚的友谊。然而，一个最丑恶的消息打破了谷仓的平静：威尔伯的命运竟是成为熏肉火腿。作为一只猪，悲痛绝望的威尔伯似乎只能接受任人宰割的命运了。然而，看似渺小的夏洛却向威尔伯许诺救它。于是夏洛用自己的丝在猪栏上织出了被人类视为奇迹的网上文字，彻底逆转了威尔伯的命运，终于让它在集市的大赛中赢得了特别奖和一个安享天命的未来。但，此时，蜘蛛夏洛的生命却走到了尽头……

故事不长，却很耐人寻味；语句不张扬，却非常朴实。忘不了小猪威尔伯的天真、夏洛的沉着、动物们的议论纷纷……究竟是什么，让它为威尔伯做这一切呢？我苦苦思索。

“你一直是我的朋友，我们出生，我们死去。一只蜘蛛，一生只忙着捕捉和吃苍蝇是毫无意义的，通过帮助你，也许可以提升一点我生命的价值。谁都知道人活着该做一点有意义的事情。”是啊，人

活着的价值不在于金钱，不在于地位，不在于你得到了什么，而在于你对社会、对集体作出了什么样的贡献和帮助。这就是夏洛的信念，也是它给我们的启示。

蜘蛛夏洛编织了一张爱的大网，这网挽救了威尔伯的生命，更激起你我心中无尽的爱与温情。

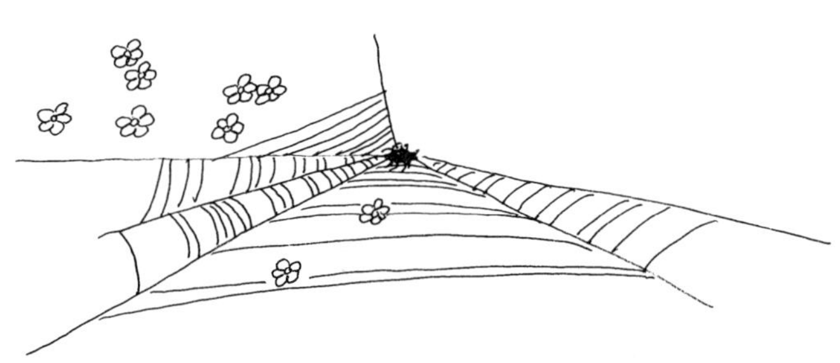

读《堂吉诃德》有感

从前，在拉·曼却的一个村上住着一个绅士模样的人，他的身体很强壮，虽然稍微有点瘦……他就是堂吉诃德。

他痴迷于骑士小说，甚至不惜代价去守护所谓的“骑士道”，他常把现实与虚幻相混淆，把沿途的旅店看做城堡，把田野里的风车看成巨人，把奔跑的羊群看做两队争战的军队……一幕幕令人哭笑不得的滑稽戏。

但他也是一个博学、有素养的人。“先生，你又错了，骑士小说当中或许有一点虚构的成分，但是并不尽然，里面的英雄事迹让人敬仰，里面的虚构成分则让人们的心中产生一丝温暖，让人们觉得英雄并不是高不可攀，只要你去践行，你也可以成为英雄……”这段话出自堂吉诃德与教长的谈话中，没有人相信这会是一个“疯子”所说出的。

文章中涌现出一批善良、宽容的人，如慈爱的神父、宽容的理发师，关心帮助堂吉诃德的学士参孙，正是在他们的热心帮助下，堂吉诃德才一次又一次地化险为夷。

但文中同时也揭露出一些可耻、荒淫的达官贵人，他们就是以公爵夫妇为首的无所事事、以戏弄他人为快乐的人，正是他们的存

在，才使得堂吉诃德的奇遇一波三折、笑料百出。作者也毫不留情地通过他们揭露了正在走向衰落的西班牙王国的各种矛盾，讽刺了贵族阶级的荒淫无耻，对人民的疾苦表现出深切的同情。

可悲的是堂吉诃德直到临死前才醒悟过来，对他疯癫的可笑的骑士行表达出强烈的悔恨和否认，对人生又作出了几番深刻的解析……可这一切，都显得有些晚了！

正如参孙·加尔拉斯果写的墓铭：

邈兮斯人，勇毅绝伦。
不畏强暴，不恤丧身。
谁谓痴愚，震世立勋。
慷慨豪侠，起凡绝尘。
一生惑幻，临段见真。

这便是对堂吉诃德一生真实的写照吧——悲哀中显出光辉，伟大中透出凄凉。

暑天书香

漫漫长夏，无心而眠，唯有书香相伴，方可有所期待，有所畅想，有所感悟，有所收获。

——题记

闲暇无事，我站在书架旁，用心地翻找着。突然，一本带彩页的新书，出现在我的眼前，仔细一看，原来是周国平的《成为你自己》。我眼前一亮，匆匆跑下楼，开始了狼吞虎咽般的阅读。

“困难是一堵墙，它或许能挡住你的肉体，却拦不住你的心灵。努力地攀爬吧，即使你不能跃过，也不要轻易退缩。”

读完这段话，我略有所思。在我的印象中，在面对重重困难挫折时，我有多少次的望而生畏，有多少次的退却，有多少次的妥协——然而，我曾跃过吗？曾攀爬过吗？我忽然想起了一句话，“无论做什么事，只要硬着头皮去做就是了”，可是这简简单单的“硬着头皮”，我却很少能做到，就像转学之初我紧紧躲在爸妈的身后一样……这需要多大的勇气和信心啊！不，我也有勇气，也有信心，困难这堵人生的大墙，我一定要跃过去。我暗暗地下定决心。

“自信是成功之基，但也会有自卑和自负的误区，把握好自己，成功不能骄傲，失败不要灰心，胜败乃兵家常事，需理性对待。”

看到这儿，我又陷入了思考。我不也常常进入误区吗？我曾因为考试得高分而洋洋得意，又会因为老师的批评而过分伤心。我也需要改正改正了，不然就像陷入泥潭一样，被其他事物所迷惑、所控制，越陷越深，不能自拔……想到这里，我又深深地打了一个寒战，痛下决心要克制情绪。

“成为你自己，学会攀爬，学会克制。不要随波逐流，懂得思考，懂得发现。尝试自我成长，善于理解，善于感恩……不要在尘世间迷失自我，成为真正的，你自己。”

我合上书，我算是真正闻到书的香味了。

暑天，书香伴我行。

心会跟爱一起走

孩子，你痛呀，让爸爸给你分担点痛。孩子，一路走好，让妈妈给你带上路上的干粮。

5 月 12 日下午 2 时 28 分，四川汶川发生了一次 8 级的大地震，顿时山崩地裂，共造成全县三分之一的房屋倒塌、三万多人死亡、三万多人受伤及上千人失踪。

在受灾现场，出现了一件件非常感人的事：一位年轻的男教师为了保护两个学生，用身躯盖住那两个学生，用年轻的生命交换了两个幼小的生命；在一片房屋的废墟下，一个只有六七岁的孩子，在下面认真地看书，似乎没有发觉救援人员；在一个菜市场废墟里，一位老人被救了出来。老人回忆说，他由于腿脚不便，所以没能逃出去，靠着身边一点蔬菜维持生命。当他被救出的时候，才知自己已经在废墟下埋了 120 个小时，当时他非常激动，连忙向救援人员道谢。

空气中弥漫着幸存者的哭声；草坪上放着一具具触目惊心的尸体；从残墟下传出的呼救声到处可以听到；一个小朋友从废墟中伸出一只无助的手，但他的爸爸妈妈只能说：“坚持住！孩子。”

看到这儿，我的心像被刀割一样痛。为了表达对死者的哀痛、对生者的慰问，我捐出了自己的零花钱，而且许多同学也像我一样捐出了零花钱，全校共捐出六万元。

我相信，心会跟爱一起走，有了这么多人的帮助，灾区人民一定会坚强起来，重建家园的。

想念家乡小溪里的鱼

我的家乡浦江已经受到了许多污染，从开发区排出的废水都流向了小溪、小河，小溪里的鱼不见了，小河边的柳树也枯萎了。

再看看浦江上空的空气，已经被乌黑的浓烟熏得一点儿也不清新了。即使刚下过雨，从仙华山顶往下看，也看不清浦江城的全貌。空气仿佛在对太阳公公抱怨道："瞧！那些讨厌的人类排出的废气把我的新衣裳给弄脏了，我都快喘不过气来了！"

人们为了降低或排除污染，采取了很多措施，比如建设污水净化厂、拆除烟囱，或把排黑烟的烟囱改装成排白烟的烟囱。人们还把每年的 3 月 12 日定为植树节，呼吁人们在这天多种几棵小树。

有人会问："那我们能做些什么呢？"其实很简单，做一些力所能及的事情，比如不用一次性的东西，如塑料袋、一次性筷子等。建议爸爸妈妈不要买车，即使买车了，也要尽量多走路。在有空的时候多种一些花草树木。

家乡小溪的鱼儿，我想念你们！我相信，只要大家齐心协力保护环境，家乡的天一定会更蓝，山一定会更青，水一定会更秀美！小溪里的鱼儿一定会重现！别看我们还小，但我们能做的事情可多着呢！记住一句话："保护家园，人人有责！"

见证辉煌时刻

我们的祖国妈妈经历了60年的风风雨雨，终于迎来了60周岁的生日。60年一个甲子，新中国成立以来，经历了太多太多的酸甜苦辣，令人回味、令人振奋。

今天，许多党和国家的领导人站在天安门城楼上，准备检阅中国的钢铁长城。

10点30分，阅兵仪式开始了。当鲜艳的五星红旗在上空高高飘扬时，人群沸腾了！首先进场的是陆战队步兵、特种兵、骑兵、空降兵、三军女兵、民兵的方阵。每个人的动作整齐划一，十分壮观。接下来是陆军装甲部队，99式、96式主战坦克相继驶过广场，炮口高昂，气势非凡。然后是各种装甲车开过，淡绿的涂装，让钢铁雄师更加威武。

这时，第二炮兵与空军战机开始入场。常规导弹与核弹在卡车装载下闪着寒光，壮观无比。上空，空警2000带着八一飞行表演队掠过蓝天。紧接着，又是轰6、轰油6、歼10、歼8、超7、飞豹与空警200受阅。这支空中的国之利剑足以对来犯的敌人给予致命的打击。

在这美好的时刻，我们同时也要知道，是祖国给了我们美好的一切，使我们的生活、学习有了保障。作为新世纪的青少年，我们也应该懂得感恩，学会回报。梁启超曾说过："少年强，则国强；少年富，则国富；少年屹立于世界，则国屹立于世界！"周恩来说："为中华之崛起而读书。"新中国成立 60 周年的今天，我们说："为中华之兴盛而奋斗！"

不屈的生命

从出生的那天起，我们就享受着阳光、雨露，体验着美好的生活。来自社会的关爱无时无刻不在鼓励着我们、安抚着我们，战胜一个个困难。但在享受生活的时候，你可知道，这个世界上有一些特殊的人，他们享受不了生活的美好，也体验不到自然的热情。他们就是残疾人！

残疾人在某些人眼中似乎是一些“怪物”，他们不仅远远地避开残疾人，还会拿他们的缺陷开玩笑，去嘲笑他们，去捉弄他们！他们不知道，这样会给残疾人的心灵带来多大的创伤！

在拥挤的公交车上，我见到了这群可耻的人！他们是这么粗鲁！

放学时的公交车总是比较挤，乘客上上下下络绎不绝。在车上找位置可不容易——前前后后都坐满了壮青年、中年人，他们不但坐满了其余的空位，还占用了残疾人专用车座，有的甚至为了一个座位和别人对骂起来。我上车后，找了个相对空的地方，扶住把手站稳了，等着下一波人下车。

一波人下后，车终于又腾出了一些空位，我眼疾手快才“抢”占了一个，其余的又被抢坐一空。“呼哧！”坐下来就是舒服——我都站得全身发麻了，现在终于得到了解决。突然，门前出现了一位残疾的老爷爷，正一步一步艰难地往上走。“哪位好心人为这位大爷让个位啊？”司机发话了。全场居然很快安静下来，谁也没有发话。“谁为他让个位啊？他是残疾人！”司机再一次请求人们让个位给这位老大爷。全车又一次鸦雀无声。“怎么不肯给残疾人让个位啊！你们可是年轻人啊！”司机发火了。“凭什么要给这贱骨头让座？残疾老头你给我滚远点！”一位青年怒吼道。老爷爷失望地朝黑压压的人群望了几眼，只好扶着把手，随车摇来晃去……我再也受不住了，我从未见到过这样令人厌恶至极的人，也从来没有听到过这样肮脏至极的话语。“爷爷，请到这儿来坐！”我站起身来。那位老爷爷颤颤巍巍地走过来，感激地望了我一眼，慢慢地张开嘴，似乎想说什么又说不出来……

残疾人是我们社会的一部分，只有美好的社会才能造就残疾人的美好未来！只要有生命存在，人生就有希望。让我们去体贴残疾人，关心残疾人吧！让他们不屈的生命能够完全绽放。

学会生存

“生存”一词，相信大家并不陌生。生存是为了更好地保护自己，生存是为了从弱肉强食的环境里脱颖而出，生存是为了更好地生活下去……

在这适者生存的世界里，我们更应该学会怎样生存。要学会生存，就要有所追求，所以我们不能做天上的风筝，漫无目标地被线牵着走；要学会生存，就要学会坚强，生活中少不了坎坷，但我们不能迷失方向。

生存是需要靠智慧、勇气、爱心才能取得的。但很快，我发现我们所做的还远远不够，现在许多父母只顾溺爱孩子，使孩子养成“衣来伸手，饭来张口”的不良习惯，导致我们把劳动和生存技能抛之不顾。我曾经看到过这样一篇报道：在一次中日学生夏令营活动中，中国孩子和日本孩子同时在内蒙古参加探险，结果却让人大跌眼镜。中国孩子以为这是一次美好的旅行，往包里“藏”了很多零食、饮料，就背着瘪瘪的书包去了；而日本孩子央求父母把小刀、手电筒、指南针、帐篷等借给他们，带上许多水、干粮，还有烧饭的小锅，背上满满的包去了。几天下来，中国孩子被“折腾”得疲惫不堪，他们带的零食早已吃完，饮料也很快喝完了。这些零食一点也不充饥，吃完了只得向别人借，饮料一点也不解渴，喝完了只能向别人讨……当最后一名中国的“队员”被他爸爸的汽车带走时，日本的孩子们还没有撤走一个，尽管有许多人发高烧。几天之后，他们才恋恋不舍而又满怀欣喜地踏上了归国之路。

日本孩子的欢喜而归和中国孩子的伤心败退形成了鲜明的对比，这深深刺痛了我的心灵。车尔尼雪夫说过：“一个人的一生如果不会生存，是空虚而渺小的。”如果我们会生存，就能在危难中保护自己，如果我们会生存，我们将站在世界之巅，永远不会被世界所淘汰！

从现在开始，从小事开始，我们要自己学会独立，学会生存，不再做从前家里的“小皇帝”，不再做以前班里的“小懒虫”，从穿衣开始，从烧饭开始，努力做好一切的一切……

来吧，朋友们，希望就在前方，行动起来，伙伴们，学会生存，就要勇敢超越！

让世界充满爱

爱是什么？如冬日里的一缕暖阳，给予人温暖；似淅淅沥沥的春雨，给予人甘甜；若夏日里的一丝凉风，给予人清凉……啊，时间的流逝总会留下点点爱的印迹。

那年冬天，大地守着一隅冻土冬眠。白昼如黑夜般寂寥，没有声响，没有色彩，只留下一片阴暗。

晨曦中的城市，一切都笼罩在薄雾中。清晨的阳光挥撒在小路，淡淡的，没有一点儿光彩。我跟着零零落落的行人穿梭在冷清的小道上，剪碎的光影忽忽闪闪地映照在人们冷漠的脸庞上。

忽然听见几分音符，在静谧中格外悦耳。我循声望去，在小道的拐弯边，在拐弯处不起眼的墙角边，有一位老人正入神地拉着二胡。

我悄悄走近，却又不舍惊动这老人，默默地在一旁驻足聆听。只见他穿着一件染满铁锈、油渍和灰土的破棉袄，这棉袄又长又大，还有不少烧焦了的小洞，露出了黑灰色的棉絮。他的下身是一条帆布的工作裤，也破烂不堪，看不出底色。脚上是一双很旧的翻毛皮靴，其中一只可能鞋底快掉了，所以用一段铁丝又缠上了几圈。

偶尔有几个行人走过，却都很“默契”地相视一笑，匆匆离开了。几个好心的老妇人走过，拿出了几块钱，却招来了人们的嬉笑和异样的眼神，也只好无奈地离开了。这时，有人拍了拍我的肩，拉了拉我，劝我快走，说这人没准是骗子，不值得同情。我尴尬地笑了笑，始终默立着，心里很不是滋味。

老人低着头，仍认真地拉着二胡，只是拉得更用力、更悲壮了。他沉醉着，沉醉在这个美好的音乐世界中，忘记了自己，忘记了时间，也忘记了冷酷无情的现实。

我的心被触动了，也许这老人有不幸的过去，也许这老人有更不幸的未来……人们忘记了他、放弃了他、抛弃了他，把他像“垃圾”一样扔在了寂寞的墙角。

我再也受不了了，我翻了翻口袋，将仅剩下的五元钱放入他的碗里。就在那一瞬间，我看见他的嘴角微微上翘，眼角弯出淡淡的皱纹。他放下了手中的二胡，抬起头微笑地注视着我。岁月的犁，在他脸上留下了纵横的深沟，一条条曲折而又坎坷，真实地记录了他的人生道路。在这坚持与微笑的背后，又掩盖了多少次被拒绝的难过和被误解的悲哀？人们的漠视和冷淡像一座沉重的巨山，压得他喘不过气来，夺走了他渴望的温暖和光明以及对未来的希望。

正午时分，阳光透过树枝，落满了老人苍老的脸，但他又抬头了，微笑着面对灿烂的阳光。

爱心这东西，只要有个机会，给它一点儿阳光，它就灿烂；给它一点儿雨露，它就滋润……让我们一起向他人伸出援助之手，向他人播撒爱的种子，让世界充满爱！

语文就在身边

语文是打开语言世界的大门，语文是打开文字宝库的钥匙。带上发现的眼睛，原来我们的生活中也处处有语文，处处有文字。语文就在身边 。

耳目一新

好的店名、广告，融入了我们的生活，增加了趣味性和幽默性，使商品更具有魅力：浦江制袜企业——百炼集团，这个名字一下子就让人想到于谦的《石灰吟》，“千锤百炼出深山，烈火焚烧若等闲”，显得牢固而精致；浦江“哎呀呀”饰品店，听着这个新颖的名字，就叫人跃跃欲试，仿佛里面有能让你“哎呀呀”大叫的饰品呢！有的广告则更加入心入眼入口，让人感到很贴心：“沟通从心开始”——中国移动；“我不认识你，但我得谢谢你！”——义务献血；“关注出生人口素质，让您的孩子赢在起跑线上”——计划生育。好的广告既有独创性又符合产品的形象特征，能够给消费者留下深刻的印象，收到出人意料的效果。

误人子弟

随意改动成语不但不利于语言健康文明的发展，而且会误导青少年，造成负面影响。例如：某种涂料广告的好色之“涂”；某品牌痔疮药广告的有“痔”无恐；某自行车广告的乐在“骑”中；某热水器广告的随心所“浴”；某烧鸡广告的“鸡”不可失……对于青少年来说，这真是个文字危机，什么“咳”不容缓，什么天“尝”地“酒”，还有什么无所“胃”惧！当他们习惯于错误的成语和字眼后，就会误认为成语本来就是这样，理直气壮地犯错。由此可见，如果真的让“改动成语”这么继续下去，就会导致文字的混乱，会让文字朝一个很不好的方向发展，造成汉字不规范化，向青少年传送更多的不良信息。

文化倒退

以上的两个方面，都还是较易加强和改正的。但在街头小巷粘贴的广告上、满地的广告纸上，甚至于一些小公司的宣传牌上，都有别字的影子，它是文字的恶魔，犯着比“改动成语”更大的罪过：某快餐店门口写着“大排挡”；某家具店的广告打成了“家俱”；鸡蛋写成“鸡旦”；啤酒写作“啤洒”等。可以看出，错别字严重影响了我们的生活、学习，我们应该彻底杜绝它！

汉字的使用与人们的生活、经济、教育息息相关，只有我们手拉手，共同努力，才能守护住语文那片纯洁的天空。

复兴中华　从我做起

中华民族的复兴之路，是艰辛的，是漫长的。这条绵延无尽的路，经历过硝烟战火的洗礼，通往崭新的未来。当然，时间从不会停下它的脚步，时代也快速向前跃进。也许我们只是一群路边嬉戏的孩子，但我们终将踏上这复兴之路，所以我们必须做好自身准备，用坚定的信念来履行自己的义务，用顽强的心灵来对抗来犯的困难，用稚嫩的肩膀挑起那一份复兴的重任。

遥想中华民族的复兴之路，是一幕幕悲壮的历史。晚清末年，英国的舰队用坚船利炮敲开了中国那扇闭锁多年的大门，把人们从“天朝”战无不胜、攻无不克的幻梦中打醒，割据香港，通商浙、苏，加收关税。中国第一次开始失去自身的领土主权。1895 年，中日甲午海战爆发，北洋水师在威海卫全军覆没，日方出兵平津，直指京都，清政府无奈之下在日本马关签订《马关条约》，不仅赔款数亿，还要割让台湾，大大加重了中华民族的灾难，掀起了帝国主义瓜分中国的狂潮。此后 50 多年间，烽火硝烟在中国全境燃起，中华民族到了最危险的时刻，但为了实现中华复兴之梦，无数的有志青年、革命者，抛头颅、洒热血，用自己的生命，在复兴之路上写下可歌可泣的一页；用自己的精神，让中国坚挺过风风雨雨的半个世纪。

看如今，改革开放的硕果已悄然在中华大地呈现。无论是在经济上，还是在军事上，中国再一次走到了世界前列。中国的经济在近十年内的成效举世瞩目，国民经济收入较十年前大约翻了十倍，GDP总值超越日本，排名世界第二；中国的军事实力也有了质的飞跃，部队从20世纪“小米加步枪”转化为拥有全面信息化、智能化作战能力的现代化军队。歼20五代战机首飞成功、“神九”成功问天、蛟龙号顺利潜海，高新科技层出不穷，这也标志中国不再是“东亚病夫”、不再是任人宰割的弱国，而已是一个自信、不屈、实力雄厚的强国，标志着中华民族在复兴之路上迈出了一大步。

作为我们学生来说，我们的社会实践能力弱，又不满十八岁，似乎也不能为中华复兴做些什么。但这样想就大错特错了。

首先，我们学生是祖国的花朵，是未来的希望，所以学习是我们的第一要务。周恩来曾说为中华之崛起而读书，我们则应该为中华富强、民族复兴而读书。应该在课堂上守纪、积极，课后温习、整理，与老师、同学融洽相处，把每天的精力都花在学习上，这样才能不辜负祖国对我们的希望和重托；其次，在学有余力时，应投身到社会公益事业中去，去社区义务劳动，去养老院看望老人，去慈善组织捐款、捐物，去参与一些公益活动，去做一名志愿者……这些看似微不足道的小事，其实是一件件事关重大的大事，因为这些事使我们与社会、与祖国联系起来，使我们在劳动中得到成长，也使得中华民族在道德品质方面能够得到更进一步的提升。这难道不是复兴中华的一部分吗？这难道不是我们力所能及的吗？其实，只要我们有一颗互帮互助、关爱他人、勤学刻苦的心，并用行动去诠释的话，中华复兴之路，就在我们脚下！

“磨破嘴皮说话，不如甩开膀子干活。”是呀，“复兴中华，从我

做起”不应只是一句停留在纸面上的口号而已，而更应是一声声集合的号角！朋友们，听到了吗？那一声声集合的号角，那深情的祖国的呼唤，那雄伟的复兴的凯歌……让我们携起手，用自己的信念来起誓，用自己的汗水来播撒，用自己的行动来诠释，用自己的不屈来捍卫，用自己的艰辛来守望……用自己收获的成功和希望，来顿悟“复兴中华，从我做起”！

歌从心底唱起

爱的温暖和热情，能谱写成最优美的旋律。

——题记

夕阳压山，淡红色的晚霞涌现出来，堆着微笑，露出镇郊恬静的黄昏。我们在黄昏下，穿梭在苍茫茫的暮霭中。我遥望着天边那殷红的彩云，静静地想，她会是怎样的一个人呢？

是的，我们并不是着急去赶饭，此行有个重要的目的——去资助一名濒临辍学的勤奋学生。

这件事我们都惦记好几天了。前阵子，毛叔叔找父亲商量，说是他们村有一位家境十分贫穷的女大学生，她父亲生了病，花了许多钱，却没见有什么起色，大概挺不过今年了……毛叔叔的意思是希望父亲能够和他一起攒点钱，为这位女大学生做一些力所能及的事。父亲二话没说就同意了，这件事就这么初步定了下来。

车子缓缓驶入了一个小村庄，一座座小洋房中夹着一座陈旧的泥坯房，显得格外醒目，这就是那位女大学生的家。

我们走进那间屋子，墙上大大小小的坑洞随处可见，月光透过那些洞照进屋里，撒下一片凄冷。女主人马上就来迎接我们，她拉开那颗平日舍不得用的小灯泡，摆上晚餐——青菜麦饼和稀饭。我们吃得很快，那麦饼是不错，但稀饭和了许多的水，有几片菜叶无

精打采地漂浮在上面。

饭后，女主人便招呼她的女儿过来。在微黄色的灯光下，我看到了她。她很瘦，剪着很短的头发，面孔白皙，头微微下垂，像是很害羞的样子。她母亲说，自从她父亲病后，她就一直这样了……

从她母亲的口中，我们得知，这是个很不幸的家庭。她的爷爷生前好赌，去世后没留下什么财产，反而留下了一大笔欠账。她的父亲和母亲为了还钱，奔波了近半辈子，好不容易把她拉扯大，把她送进大学……可命运又开了个天大的玩笑，在她大二那一年，她的父亲被确诊为直肠癌晚期……这如同一道晴天霹雳，打在了这个脆弱的家庭上。为了给父亲治病，他们倾尽了所有，甚至拿出了女儿的生活费。如今，他们已近乎一无所有，可怜的父亲为了给女儿继续上大学的机会，已经躺在床上等死了！

听到这儿，我们都落泪了。

一个落难的家庭，相依为命的父亲、母亲、女儿，是多么令人同情啊！当晚，我们就捐助了她近两万元的学费，并鼓励她好好学习，希望她父亲好好活下去。

我记得我父亲是这样讲的："我们将帮助你完成大学的学业，我们将会为你的父亲集一些钱，我们并没有什么要求，这是我们自愿的、无偿性的。但希望你能够继续奋发向上，保持优良的品行和态度。把自己的爱，再传播给别人；将这爱之歌，永远吟唱下去！"

愿你在患难中腾飞，我的中国

从2003年的“非典”、2008年震痛人心的汶川地震，到骇人听闻的禽流感……不幸的不幸，接二连三地降临在中华大地。就在今天早上，四川雅安芦山发生了7.0级地震，已造成6000多人伤亡，震中心90%的房屋轰然倒塌，一场触目惊心的悲剧正在悄悄上演……

我的视野，随着记者的摄像，渐渐变得开阔起来。曾经和平安乐的小县城，已经变得千疮百孔，数不清的房屋，在地上零乱地散落着、堆积着，像在哭诉着那飞来的横祸。在暴露的钢筋、混凝土下，有无数细微的声音在呼喊着，断断续续地呜咽着，又像是在向谁伸出求救之手！再向前走，我们来到了绝路——道路已经被强震撕开了大口子，一米宽的裂口下，是恐怖的、无尽的黑暗。站在裂口边缘，会突然感到裂口是大地裸露的胸膛，大地在这里已脱尽了外衣，露出自己的肌肤筋骨，犹如被谁硬生生地扯了开来。在细微光影下，我能看清那一道道肋骨的排列走向。遥望以往沧海桑田的痕迹，我忽然感到这胸膛里深藏着无比的痛苦与无奈。

天灾无情人有情，万众一心渡难关。在危难中，人性的光辉变得如此地耀眼，又如此地温暖。

在四川雅安地震发生后，党和国家领导人迅速作出重要指示，要求抓紧了解灾情，把抢救生命作为首要任务，千方百计救援受灾群众，科学施救，最大限度减少伤亡。总理的专机降落在中学操场时，已有6000多名官兵投入救援行动，共计有50多家医院的医疗救助队开赴救灾前线。以上充分深刻地反映出，在吸收汶川地震的经验后，我国救灾反应速度和能力都有了较大的提升，伤者和逝者都能得到妥善治疗和安置，这是令人感到欣慰的地方。

政府部门在积极救灾，一种名为关爱、互助、温暖的精神也在每个人的心中萌发。

一位在医院治疗的重伤者在接受记者采访。“你受了那么重的伤，如果你愿意的话，是早就可以送往后方大型医院的，可为什么你选择留下来呢？”记者问他。他抿了抿嘴唇，轻声说道：“你看，我旁边有那么多受重伤的病人，而救护车是有限的，我只想让出一张床、一副担架，让更多的人有获救的希望。”多么朴实而又高尚的话语！

灾难发生后，无数的志愿者前往灾区抗震救灾，以至于国务院下令志愿者队伍必须经批准才能进入灾区。

是啊，只要灾区人民团结互助、万众一心，在党中央的领导下，在全国人民的支援下，一定能够战胜困难，重建家园。

相信伟大的祖国也一定能在多难中腾飞，向中华之复兴道路迈进。

后 记

每个人，都有自己独一无二的梦想。

我思索着，记忆在风中舒展。最初梦想的泉源，是孩提时的我在录音机旁。那时，爸爸打开录音机播放幼儿故事给我听，他发现我对听故事非常感兴趣，便去书店买了许多磁带来。曾几何时，我时而疾恶如仇般随悟空行走在西天取经之路上；时而小心翼翼地跟着阿里巴巴走进藏宝的洞穴；时而快乐地踏着飞毯在阿拉丁的世界游赏——不知不觉中，我便能够把故事中听到过的词语脱口而出，有时还能整段地背诵出故事的情节，甚至能够自主地编出一些幽默滑稽的小片段、小故事。有一天，我编的一则故事被《幼儿故事大王》采用了！接到用稿通知的那一天，我第一次体会到了梦想成真的快乐。

童年的梦想，沉醉在童话的城堡中，是那样的纯朴、天真！

当童话之梦的火焰随着童年的离去而渐渐黯淡之时，写作之梦的光彩随着心智的成熟而熠熠生辉！

“我喜欢写作，喜欢一个人独自思考，喜欢随兴即作——聆听着思维与笔尖共奏的交响乐，真是美妙极了。”正如我在《静夜思》所写，我正用我独特的笔调书写梦想的执著。“在另一片天空中，总是晴朗无云，思绪的翅膀可以带着我在其间自由飞翔。”和《我的另一片天空》一样，我正翼动我灵动的思绪点亮梦想的旅途。“虽在人生旅途中，难免有风风雨雨，但这些风雨教会我们坚持，带给我们坦荡，给予我们启迪。只要你愿意，你心灵的天空，可以每天都是晴空万里。”是啊，我又何曾不像《雨后初晴》一样，在风风雨雨后诠释梦想的真谛！

当今的梦想，徜徉在文学的海洋中，是那样的深沉、愉悦！

梦想是如此的美丽迷人。让我们与自己的梦想一起奔跑吧！也许梦想之路不会一帆风顺，但只要我们付出过，欢乐过，流泪过……为梦想付出的泪水和汗水将为我们浇灌出最美的春天！

《与梦想一起奔跑》收录的有我幼儿时编的故事，也有小学至初中二年级期间所作文章，跨度近十年。各时期写的文章穿插在一起，难免给人以凌乱之感，但是敝帚自珍，这毕竟是我成长的印记，像青涩的橄榄，值得少年的我品味和珍惜。感谢浙大出版社编辑老师的辛勤付出；感谢在我与梦想一起奔跑的旅程中给予我指导、帮助和鼓励的师长们！

郑　皓

2013 年 7 月 3 日于浦江文溪

图书在版编目（CIP）数据

与梦想一起奔跑/郑皓著. --杭州：浙江大学出版社，2013.10

ISBN 978-7-308-11942-9

Ⅰ. ①与… Ⅱ. ①郑… Ⅲ. ①中国文学－当代文学－作品综合集 Ⅳ. ①I217.2

中国版本图书馆CIP数据核字(2013)第181494号

与梦想一起奔跑

郑 皓 著

责任编辑 徐 婵

插　　图 吴建明

出版发行 浙江大学出版社

（杭州市天目山路148号　邮政编码 310007）

（网址：http://www.zjupress.com）

排　　版 杭州林智广告有限公司

印　　刷 浙江云广印业有限公司

开　　本 880mm×1230mm 1/32

印　　张 8.875

彩　　插 8

字　　数 215千

版 印 次 2013年10月第1版 2013年10月第1次印刷

书　　号 ISBN 978-7-308-11942-9

定　　价 26.00元

浙江大学出版社发行部联系方式：0571-88925591；http://zjdxcbs.tmall.com